VISÃO DA AMÉRICA

ALEJO CARPENTIER

VISÃO DA AMÉRICA

Tradução
RUBIA PRATES GOLDONI e SÉRGIO MOLINA

Martins Fontes

© 2004, Andrea Esteban de Carpentier
© 2005, Livraria Martins Fontes Editora Ltda., São Paulo
Visão da América
Alejo Carpentier

O original desta obra foi publicado com o título
VISIÓN DE AMÉRICA

Coleção Prosa

Tradução: Rubia Prates Goldoni e Sérgio Molina
Preparação: Eliane Santoro
Revisão: Rodrigo Gurgel e Tereza Gouveia
Projeto gráfico e capa: Joana Jackson
Produção gráfica: Lívio Lima de Oliveira

Dados Internacionais de Catalogação na Publicação (CIP)
(Câmara Brasileira do Livro, SP, Brasil)

Carpentier, Alejo
Visão da América / Alejo Carpentier ;
tradução Rubia Prates Goldoni e Sérgio Molina. --
São Paulo : Martins, 2006. -- (Coleção Prosa)

Título original: Visión de América.
ISBN 85-99102-22-2

1. América Latina - Civilização 2. América Latina - História
3. América Latina - Historiografia I. Título. II. Série.

06-2775   CDD-980

Índices para catálogo sistemático:
1. América Latina : Civilização   980
2. América Latina : História   980

Todos os direitos desta edição para o Brasil reservados à
LIVRARIA MARTINS FONTES EDITORA LTDA. para o selo MARTINS.
Rua Conselheiro Ramalho, 330
01325-000 São Paulo SP Brasil
Tel. (11) 3241.3677 Fax (11) 3115.1072
info@martinseditora.com.br
www.martinseditora.com.br

*À memória de Alfred Clerec Carpentier,
primeiro americano de minha família,
governador da Guiana Francesa em 1842,
ano em que sir Richard Schomburgk
chegou ao cume do Roraima Tepui.*

Sumário

VISÃO DA AMÉRICA	9
A Grande Savana: mundo do Gênesis	11
O salto do anjo no reino das águas	17
A Bíblia e a ogiva no âmbito do Roraima	25
O último buscador do Eldorado	35
Ciudad Bolívar, metrópole do Orenoco	43
O páramo andino	52
TERRA FIRME	61
Saudades impossíveis	63
Monte Albán	66
O grande livro da selva	69
Os homens chamados selvagens	72
O fim do exotismo americano	75
Afinal chegaram as águas	78
O imperador Kapac-Apu	80
Necessidade de um intercâmbio cultural entre os países da América Latina	82

Mistério de arte indígena	84
Paul Rivet e os maias	87
O mágico lugar de Teotihuacán	90
A assombrosa Mitla	93
Uma contribuição americana	96
O parque de La Venta	99
Dois temas de controvérsia	102
Presença da natureza	105
Uma estátua falou	108
Tikal	111
O anjo das maracas	114
Como o negro se tornou crioulo	122
O CARIBE	133
A cultura dos povos que habitam as terras do Mar Caribe	135
Uma grande festa do Caribe	149
IDENTIDADE AMERICANA	153
Consciência e identidade da América	155

VISÃO DA AMÉRICA

A GRANDE SAVANA: MUNDO DO GÊNESIS[1]

Para Raúl Nass

*Os espanhóis tinham uma idéia confusa
deste país que chamaram El Dorado.*

VOLTAIRE

De repente, com uma violência que nos arranca um grito de assombro, o chão saltou a 4 mil pés de altitude. Aparentemente, nada mudou na natureza, pois a mata virgem continua aí, tão cerrada e ameaçadora como sempre. Mas um colossal degrau de rocha, liso e nu, ergueu a selva inteira, suspendeu-a, de uma só vez, para aproximá-la das nuvens. Estamos sobrevoando a aresta da incrível muralha que barrou a passagem de tantos aventureiros,

---

1. Publicado em *El Nacional de Caracas*, 19 out. 1947; *Carteles* (Havana), 29 (4): 34-36; 25 jan. 1948; *Revue Francaise* (Paris), 1-2 (25); jan. 1954. Suplément; "La gran Sabana: Mundo del Génesis" (fragmento), em Aquiles Nazoa, *Venezuela suya* (Caracas, Editorial Arte, 1971). As referências bibliográficas das crônicas que compõem este volume baseiam-se em dados fornecidos pela Fundación Alejo Carpentier. (N. da Ed. Bras.)

arrancando-lhes lágrimas de desespero que renovaram e alimentaram a eterna miragem do ouro. Aqui o símbolo da cruz teve de se deter mil vezes; aqui pereceram mercadores obscuros, com os ossos misturados aos de suas récuas. Sobre esse paredão se assenta a imensa esplanada que serve de base e terreiro para o alucinante mundo geológico da Grande Savana, virgem das rochas, mundo até há pouco perdido, secular esteio de mitos, cujo âmbito misterioso, inescalável, sem caminhos conhecidos nem acessos visíveis, confundiu-se durante séculos com o Eldorado da lenda – esse fabuloso reino de Manoa, de localização incerta, que os homens buscaram incansavelmente, quase até os dias da Revolução Francesa, sem que os fracassos os fizessem desistir do anseio de ver surgir, "sobre árvores que se perdiam nas nuvens", segundo as palavras de Raleigh, o empório de riquezas e abundância aonde, um dia, o próprio Voltaire levaria os heróis de seu mais famoso romance filosófico. (É interessante observar, de passagem, que o europeu sempre esperou encontrar na América a materialização de velhos sonhos malogrados em seu mundo; o ouro da Transmutação, sem suor nem dor, o fáustico desejo da eterna juventude.)

Estamos entrando no domínio dos Grandes Monumentos. À esquerda, sobre o mar de árvores, erguem-se dois gigantescos mausoléus de arquitetura bárbara, que lembra a de certas pirâmides de ângulos roídos pelo trabalho dos séculos – como a pirâmide da Lua, em Teotihuacán. Esses dois maciços, dispostos em orientação paralela, a grande distância um do outro, têm um aspecto majestosamente fúnebre: sob sudários de pedra, esculpidos e patinados por milênios de chuvas e tempestades, parecem jazer os cadáveres de dois titãs, com o perfil voltado para o levante. Logo saberei que essa minha impressão de estar diante de enormes cenotáfios surgidos da selva coincide com a de homens que, um dia, ao se aproximarem desses túmulos solitários, batizaram-nos de 'os sepulcros dos semideuses'. Mas nosso assombro está longe de serenar nosso pulso. Novos perante uma paisagem tão nova, tão inaugural como deve ter sido para o primeiro homem a paisagem do Gênesis, prossegue para nós a *Revelação das Formas*. Isso que se ergueu à nossa direita já não tem nada a ver com os mausoléus. Imaginem um feixe de tubos de órgão de uns 400 metros de altura que fossem amarrados, soldados e plantados verticalmente sobre base de seixos, como um monumento isolado, uma fortaleza lunar, no meio da primeira planície que surge ao cabo de tanta selva. O automatismo imaginativo de minha cultura ocidental me faz evocar, no ato, o castelo de Macbeth ou o castelo de Klingsor. Mas não. Essas imagens limitadas são inadmissíveis no coração da América virgem. Estas torres de rocha acerada, levissimamente reluzente, são altas demais para compor um cenário; são inacessíveis demais, ariscas demais sob este céu dramaticamente agitado que se desnuda sobre o vale de Karamata[2] ao clarão de um raio que caiu muito longe, sobre as serras brasileiras. É errado afirmar que existem paisagens feitas à medida do homem e outras que não o são. Toda paisagem do mundo é feita à medida do homem, pois o homem sempre servirá de módulo a tudo que concerne à Terra. O que resta saber é para que homens foi feita semelhante paisagem – para que olhos, para que sonhos, para que empenhos. "A medida do homem é também a do anjo", diz são João no Apocalipse. O Mar Oceano foi pequeno para Colombo, assim como foi curto para Cortés o caminho de Tenochtitlán. É provável que Pizarro, o castelhano, tivesse continuado o caminho que o inglês Raleigh abandonou. Para os índios que vivem na Grande Savana e conservaram sua fé primordial, essas montanhas, saídas das mãos do Criador no dia da criação, conservam, pela pureza de seus cumes intocados, por sua majestade de Grandes Monumentos Sagrados, toda a sua índole mítica.

Herdeiros da primordial medida do anjo, eles jamais cometeriam o pecado de, por associação de idéias, limitar sua visão

---

2. Na realidade, o nome é Kamarata. (N. da Ed. Bras.)

– como eu, homem preso à letra impressa, já ia fazendo – às dimensões de um palco teatral. Para eles, esses 'Tepui', ou montes, continuam sendo a morada das Forças Primordiais, como o Olimpo para os gregos. São as Formas Egrégias, as Grandes Formas, belas e dramáticas, puras e arredias, perfeita representação da divindade em sua morada. Aqui o homem do sexto dia da criação contempla a paisagem que lhe é dada por terreno. Nenhuma evocação literária. Nenhum mito enquadrado por um alexandrino ou domado por uma batuta. É o mundo do Gênesis. Mas de um Gênesis que encontra melhor expressão na linguagem americana do *Popol-Vuh*, do que nos versículos hebraicos da Bíblia: "no início" – que admirável precisão poética! – "não havia nada que formasse corpo, nada que pegasse em outra coisa, nada que se agitasse, que fizesse um mínimo roçar, que fizesse o menor ruído no céu". Então, como neblina ou como nuvem, a Terra se formou em seu estado material, "quando, como caranguejos, as montanhas surgiram sobre as águas, e num instante foram as grandes montanhas". Depois, "os caminhos de água se dividiram, e muitos riachos correram entre os morros, e em certas partes a água parou e se deteve". Impossível imaginar uma descrição mais exata da Grande Savana, por misteriosa associação de palavras, que esse quadro maia-quiché da Criação. De fato, há um quê de caranguejo em algumas mesetas menores, de dorso arredondado e pinças abertas sobre a terra; um quê de caranguejos surgidos sobre as águas primeiras, sobre "os caminhos de água" que são os 280 rios desse mundo perdido, sobre "a água em pé" das incontáveis cascatas que brotam dos genésicos mananciais das Montanhas-Mãe.

E a *Revelação das Formas* continua. Uma segunda torre, mais alta e maciça, acaba de surgir atrás da anterior. Esta acaba em um terraço totalmente horizontal, sem acidentes nem declives, coberto por um tapete de terra gramada. Sobre aquela outra, mais extensa ainda, estaciona uma nuvem imóvel, alongada e copuda –

cirro ancorado como um navio a um penedo. Outra meseta, mais ampla no cume do que na base, ergue-se mais além, gretada, salpicada de alvéolos, como uma gigantesca madrépora. À medida que adentramos a Grande Savana, as mesetas mostram-se mais imponentes em suas dimensões, por momentos se assemelhando a imensos cilindros de bronze. Mas as Formas também se diversificam. Cada 'Tepui' possui uma personalidade inconfundível, feita de arestas, de cortes bruscos, de perfis retos ou quebrados. Kusari-Tepui, Topochi-Tepui, Ororoima-Tepui, Ptari-Tepui, Akopán-Tepui, monte do Veado, monte do Trovão. Montes com nomes de animais e montes com nomes de forças. O que não é flanqueado por uma grande torre é arrematado por um esporão – como o Iru-Tepui –, rompe-se em biséis, ou desenha, no horizonte da serra de Paracaima, picos com forma de polegares, de esquadros, de molduras secionadas. Há os que parecem navios negros, sem mastros nem cordame, e outros cobertos de hera selvagem, como um muro em ruínas. Mas agora, na direção do Brasil, surge o formidável Roraima-Tepui, o modelo, a rocha-padrão da Grande Savana, que os índios arecunas invocam com hinos fervorosos.

Quando sir Richard Schomburgk, o grande explorador alemão, chegou ao sopé do Roraima em 1842, declarou-se aturdido por sua insignificância diante "do sublime, do transcendente implícito nessa maravilha da natureza". Com a retórica de quem chamara seu criado negro de Hamlet, e que diante dos arecunas coroados de folhas pensara na floresta de Birnam avançando contra Dunsinane, o romântico descobridor afirma que "não há palavras para pintar a grandiosidade deste monte, com suas ruidosas e borbulhantes cascatas de prodigiosa altura". Apesar da expressão um tanto batida, temos de concordar que não é mesmo possível imaginar um fundo de paisagem mais impressionante que o desse retângulo escuro, de paredes tão perpendiculares que parecem ter sido levantadas a prumo, erguendo seu terraço de 6 quilômetros de largura, constantemente estremecido pelos trovões, a 2.800 metros de altitude. Pense-se na emoção sentida pelo homem que se encontra sobre esse terraço suspenso, sobre essa planície limitada por abismos, pedestal de brumas, ponte entre nuvens. O Roraima, fecho da Grande Savana, não se enlaça com nada. É a atalaia, golpeada por ventos nos flancos, erguida no extremo limite das terras venezuelanas, brasileiras e guianenses. Mas é, sobretudo, a Solidão Maior – a Perfeita Mesa dos desenhos taurepangues –, reverenciada pelos arecunas em sua dupla essência masculina e feminina, como "o envolto nas nuvens, mãe eterna das águas".

A Grande Savana é o mundo primordial do *Popol-Vuh*, em que a pedra falava "e repreendia o homem em seu próprio rosto". Mundo de 'pedras ordenadas' em que até o próprio pilão conhecia a linguagem do homem, porque o pilão se curvara sob as mãos do homem quando este o recebera como presente da montanha.

O SALTO DO ANJO NO REINO DAS ÁGUAS[1]

*Oh, temerária cobiça
que achaste nas águas senda,
agasalho nas espumas
e telhado nas estrelas!*

Lope de Vega

Depois de completar uma larga curva em espiral que nos levou quase até a fronteira do Brasil, o avião agora voa ao nível das mesetas. As pesadas nuvens pousadas no topo do Auyan-Tepui começam a se levantar. O sol desce até o fundo de quebradas e desfiladeiros. E, de repente, os flancos dos montes se adornam de cascatas – longos estandartes refulgentes, com franjas de neblina pendentes do alto. Mundo das rochas, a Grande Savana é também o reino das águas vivas; de águas nascidas em altitudes inacreditáveis, como as do Kukenán, paridas pelo Roraima, ou as do

---

1. Publicado em *El Nacional de Caracas,* 26 out. 1947; *Carteles* (Havana), 29 (8): 28-30, 22 fev. 1948 (Visión de América, 2). (N. da Ed. Bras.)

Surukún, de árduas ribeiras. Aos encantos da pedra, do inamovível e bem encaixado no planeta; à dureza dos quartzos, das rochas ígneas, dos pórfiros, segue-se agora a magia do fluente, do instável, do que nunca se aquieta, em saltos, jogos e brincadeiras de rios lançados aos quatro ventos da América pelas Mesetas Mãe e que, em sua maioria, depois de muito vadiarem e sumirem – recolhendo de passagem o ouro e algum diamante –, vão engrossar o fragoroso e selvagem Caroni. Então entendemos por quê, caído de tão alto, rico de tantas aventuras, o Caroni recusa qualquer disciplina, rompendo os cepos com que a dura e sufocante natureza de baixo o quer prender.

Subimos há menos de duas horas esse Caroni de águas escuras, quase negras em certos remansos, por vezes plúmbeas, ocres em um brechão, mas nunca amáveis; rio que desde o Descobrimento, descobrimento que mal roçou sua boca, conserva uma raivosa independência – mais do que independência, virgindade feroz de amazona indomável, vencedora dos conquistadores ingleses, devoradora dos trezentos companheiros do português Álvaro Jorge, responsável por mil mortes sem história. Ainda hoje há quem diga ter encontrado velhas armas espanholas – piques e montantes –, escamadas de ferrugem, nas ribeiras do rio tumultuoso. É que o Caroni não conhece lei nem leito. Filho de cem cascatas, adquiriu em dias de dilúvio, em eras de mares vazados, quando as águas talvez fugiram da mítica lagoa de Parima, o hábito dos caminhos arbitrários. Sempre se comportará do modo mais imprevisto, mil vezes esquecido do já tortuoso caminho. De repente, abre-se em lagoachos inquietos, para estreitar-se de novo, acelerar o curso, dividir-se na aresta de uma rocha negra, romper-se em torrentes, quebrar-se em braços, voltar sobre si mesmo, em um eterno retorcer-se, ferver, varrer, perder a linha para tê-la mais vibrante. De repente, em um cotovelo, brotam montanhas negras, negras de obsidiana, em seu mesmíssimo centro, pondo brancos de espuma sobre o transparente negror de uma água que corre, agora, sobre um fundo de ardósia. Por escadas de um amarelo de barro recebe as fúrias saltitantes do Carrao. Por despenhadeiros sem conta, as torrentes da Grande Savana. Alimentado pelos rios mais desconhecidos do continente, o Caroni é um crisol de tumultos. Nele caem os Grandes Jogos de Água da América, levados à escala da América, com bocas de cavernas que vomitam enormes cascatas, em lugar da frágil espiga líquida silvada por pequeninos tritões com tripas de chumbo. Impossível imaginar algo mais impressionante que o salto de Tobarima, dado pelo Caroni em meio à selva mais cerrada e feroz, para meter-se em gargantas onde mal se pode acreditar que caiba tanta água. É que o Caroni é um rio estrondoso, rio que brama em seus canhões, que retumba em trovão ao pé de suas torrentes, tanto que Walter Raleigh, ao conhecer esse trovão de água, o qualificou como "horríssono cataclismo líquido". Uma boa pintura que o fino humanista, amigo de Shakespeare – transformado, em Trinidad, em barbado aventureiro de acres suores –, fez daquelas cataratas de Uracapai desabando com tal fúria que o ricochete das águas produzia um aguaceiro descomunal sobre a região. E às vezes dava a impressão de uma imensa fumarada saindo de uma enorme cidade.

Mas eis que, depois de sobrevoar novamente os verdes vales de Karamata, estamos roçando os flancos do mais misterioso e lendário dos montes da Grande Savana: o Auyan-Tepui, recém-descoberto, pouco explorado, a cujo isolamento secular soma-se o prestígio conferido por lendas e superstições locais. Para os índios do lugar, não há nada de estranho no fato de o único avião levado por um piloto temerário até seu cume nebuloso ter ficado preso lá em cima, com as rodas fincadas em um pântano, como libélula de entomólogo. Ainda hoje, os karamakotos que vivem ao pé do monte pressagiam grandes desgraças aos que tentam a escalada. Quando troveja muito forte, ninguém olha para o Auyan-Tepui, para não aumentar a ira d'Aquele que causa todos os males, atrai o azar à taba, põe bichos malignos nas vísceras, castiga quem segue o missionário, assusta, depaupera e machuca. É compreensível que, entre todas as mesetas da Grande Savana, o demônio da selva tenha escolhido esta por morada, já que, à cônica geometria do Ptari-Tepui, à cilíndrica formação do Angasimá-Tepui, o Auyan-Tepui opõe uma dramática visão de grande monumento em ruínas. Beirando seus terraços pedregosos e hostis, todos escalonados, podemos ver como eles são cortados por fundas gretas e fendas. A névoa estaciona no fundo de gargantas que atingem até 400 metros de profundidade[2]. Quando a chuva cai em seu topo, enche centenas de tanques que rebentam em cascatas por todas as bordas. Mas as nuvens bojudas, pesadas, permanentemente inchadas pela umidade de uma terra sempre vestida de vapores, alheia às derrubadas, palpitante de mananciais, cuidam especialmente do 'Salto do Anjo', aquele que justifica duplamente o nome com sua virgindade, sua ausência nos mapas e por ter a cabeça acima de todos os saltos do mundo. Além disso, esse suntuoso anjo de água não põe os pés na terra, desfazendo-se em fumaça de espuma, em espesso orvalho, sobre as árvores de um verde profundo, que o recebem nas ramagens. No dia em que conhecemos sua maravilha, ele descia do pouso de nimbos em dois braços que se uniam no vazio. Mas em outras épocas do ano ele se atira de suas vertiginosas ameias por cinco, seis, sete bocas paralelas. Ao se unirem, as águas se entrechocam, e giram, e saltam nos ares, com todas as luzes do arco-íris, produzindo uma infindável explosão de espelhos.

Mas já deixamos o Auyan-Tepui à nossa direita, penetrando em gargantas e valos que alimentam outros jogos de água. Atrás de cada monte, de cada espigão, aparecem novos saltos. Há os afilados e trêmulos, brotando de altas cornijas; há os que rolam,

---

2. Devo essa medida ao notável explorador Félix Cardona, o primeiro homem a chegar ao cume do Auyan-Tepui. (N. do A.)

espumantes de raiva, por escadas de rocha parda; há os furiosos, que se rompem quatro vezes antes de encontrar o leito; há os tranqüilos e pesados, que dão uma estranha impressão de imobilidade, como o Kamá; há os caudalosos, largos, de águas esculpidas por enormes lajes, como o suntuoso salto Morok, no rio Kukenán. Mas agora há que acrescentar um novo elemento prodigioso a esse mundo que se pôs em movimento agitando véus e estandartes. Esse elemento, que esgotará todas as nossas reservas de admiração, é a cor. Na Grande Savana, ao se aproximarem dos saltos, as águas dos rios costumam ficar quase negras, de um negror avermelhado, como açúcar queimado, com uma rugosa consistência de asfalto enquanto esfria. Isso se explica pelo acúmulo, nesses locais, de enormes quantidades de folhas mortas, vindas do fundo da selva com sua carga de limo. Mas de repente o rio se livra de sua crosta, saltando no vazio.

Nesse momento opera-se o milagre da transmutação: a água vira ouro. Um ouro amarelo e leve, de uma coloração matizada até o infinito, desde a cor de enxofre até a de ferrugem. Esse ouro que cai, canta, saltita e saracoteia, afogueado pelos esmaltes do espectro, é o que Milton poderia ter sonhado para as cascatas de seu Paraíso Perdido, pois só as desmesuradas imagens do cego visionário, com seus gigantes coroados de nuvens, caberiam nestas terras "ainda não saqueadas, cuja grande Cidade os filhos de Gerião chamaram *El Dorado*"[3].

"Havia então gigantes na terra", diz o Gênesis. Mas gigantes que, mais do que filhos do Gerião helênico, eram irmãos dos primeiros heróis citados no "Livro das linhagens" de *Chilam Balam*. ("Não eram deuses: eram gigantes.") Heróis justos, medidores da terra, inventores da agricultura, Chefes de Rumos. É interessante observar, ainda, como essa noção de gigantes in-

---

3. Versos de Milton citados no breve mas admirável ensaio de Enrique Bernardo Núñez, "Orinoco". (N. do A.)

dustriosos, dotados de Plenos Poderes, é uma constante nas mitologias americanas. Pois nada lembra mais os trabalhos realizados pelos primeiros gigantes do "Livro das linhagens" do que aqueles outros devidos ao gênio do demiurgo Amalivaca – "que deu forma ao mundo com a ajuda de seu irmão Uochi" e que projeta sua vasta sombra por toda a bacia do Orenoco, espalhando seu mito por uma área cuja extensão assombrava o barão de Humboldt. Ainda podem ser vistos, nas proximidades da dramática serra da Encaramada, monte Ararat dos índios tamanacos, desenhos traçados a uma altura considerável por uma mão misteriosa. São – segundo o mito – as 'tepuremenes' ou 'pedras pintadas' por Amalivaca nos dias do Dilúvio universal, "quando as águas do mar subiram o Orenoco". Mas essas pedras pintadas implicam o mesmo problema de execução – apontado por Humboldt – que os petróglifos vistos por Jacques Soustelle em um lago do estado de Chiapas, no México. Parece inexplicável que andaimes eles usaram para traçá-los. Mais uma vez, a América reivindica seu lugar dentro da universal unidade dos mitos, por demais analisados apenas em função de suas raízes semíticas ou mediterrâneas. Aqui, o mito de Amalivaca – mito que é também o de Shamash, o de Noé, o de Quetzalcoatl – continua tão vigente que, na época da *Enciclopédia* e dos *Diálogos* de Diderot, o padre Filippo Salvatore Gilli ouviu um índio perguntar se Amalivaca, modelador do planeta, estava arrumando alguma coisa na Europa: quer dizer, na outra margem do Oceano. Naqueles mesmos dias se reacendera, em Santo Tomás da Nova Guiana, a miragem da lagoa de Parima, provavelmente nascida do dilúvio que "fizera quebrar as ondas do mar contras as pedras da Encaramada". Dilúvios, gigantes, amazonas, monstros com o rosto no peito, signos misteriosos, rios que carregam diamantes, sisudos espanhóis – contemporâneos do burguês Moratín – que perdem a cabeça porque um índio do Alto Caroni lhes mostra reflexos brancos numa nuvem!...

Não é preciso procurar explicações complicadas para tudo isso. Na América há uma presença e uma vigência de mitos que na Europa há muito foram sepultados nas gavetas empoeiradas da retórica ou da erudição. Em 1780, os espanhóis continuavam acreditando no paraíso de Manoa, a ponto de arriscarem a vida para encontrar o mundo perdido, o reino do último inca, outrora visitado, segundo histórias fantasiosas, por Juan Martínez, um mau guarda de paiol de Diego de Ordaz, mas ótimo queimador de fogos de artifício. Em 1794, ano em que Paris entoava cantatas, com música de Gossec, à Razão e ao Ser Supremo, o compostelano Francisco Menéndez andava pelas terras da Patagônia em busca da Cidade Encantada dos Césares.

Acontece que a América alimenta e conserva os mitos com o encanto de sua virgindade, com as proporções de sua paisagem, com sua perene "revelação de formas" – revelação que, vale lembrar, deixou atônita a Espanha da Conquista, a ponto de Pedro Mártir de Anglería, desapontado com um viajante que se vangloriava de ter achado carvalhais, olivedos e azinhais em sua expedição, dizer: "Para que precisamos dessas coisas banais na Europa?". Porque a Espanha, deslumbrada com as coisas que chegavam nas arcas dos navegantes, maravilhada com os relatos dos aventureiros afortunados, já acostumada a pronunciar novas palavras e nomes, a saber de Potosí e do Reino de Cuzco, do Inca e de Teocali, também se acostumava a aceitar que, na América, o fantástico se tornava realidade. Realidade desta Grande Savana que é simplesmente o fantástico feito pedra, água, céu. Tudo o que imaginaram, em suas fantásticas visões de italianos ou de flamengos, os Hieronymus Bosch, os Arcimboldo, os ilustradores das tentações de Santo Antônio, os desenhistas de mandrágoras e de selvas da Broceliânda, encontra-se aqui, em qualquer recanto de um monte. Mas – isto sim! – como simples detalhe de um grande conjunto que não cabe numa moldura de madeira; como meros acessórios de uma criação grandiosa que, até agora, mal conheceu um leve vaivém dos homens. É por isso que a Grande Savana – confundida com o Eldorado – sempre foi um estimulante para o dom divinatório dos poetas, um fascinante farol para esses outros poetas que foram os aventureiros capazes de arriscar a vida por uma lenda.

E não me digam que falar da virgindade da América é lugar-comum de uma nova retórica americanista. Agora me encontro perante um tipo de paisagem que "vejo pela primeira vez", que nunca me foi anunciada pelas paisagens dos Alpes ou dos Pireneus; um tipo de paisagem que só intuíra em sonhos e da qual ainda não existe uma verdadeira descrição em livro algum. Diante da Grande Savana, jamais caberia a desconsoladora frase de Paul Valéry, levado por um amigo, ao cabo de uma longa excursão, a contemplar uma elogiada vista européia:

– Mas... por que insistem em me mostrar sempre a mesma paisagem?

Aqui, o autor de *Eupalinos* teria emudecido.

A BÍBLIA E A OGIVA NO ÂMBITO DO RORAIMA[1]

> *O Demônio: Oh! Tribunal bendito,*
> *Providência eternamente.*
> *Aonde mandas o Almirante*
> *Para renovar meus danos?*
> *Não sabes que há muitos anos*
> *Eu sou lá senhor reinante?*
>
> Lope de Vega

Já com os pés no chão, limitada a visão pela meseta de Acurima e por florestas pontuadas de troncos altíssimos de um branco marmóreo – mais obeliscos do que árvores –, desapareceram, para nós, os prodígios geológicos de Karamata e da serra de Paracaima. No meio do vale mais aprazível e silencioso que se possa imaginar – vale que jamais conheceu um veículo motorizado nem qualquer outra indústria que não fosse a dos cinco dedos do homem –, espraia-se o casario de Santa Elena de Uairén, com

---

1. Publicado em *El Nacional de Caracas*, 9 nov. 1947; *Carteles* (Havana), 29 (13): 14-16, 28 mar. 1948 (*Visión de América*, 3). (N. da Ed. Bras.)

suas moradas de muros brancos e teto de palmeira, construídas segundo o velho modelo indígena que impõe sua lei, com pouquíssimas variantes, em toda a América tropical. Trata-se, em suma, do 'bohío', a palhoça que Colombo encontrou em Cuba em seu primeiro desembarque. Duas barracas vendem mercadorias vindas de Manaus – pelo rio Negro – em lombo de mula, depois de uma viagem de sete dias através da selva e de uma penosa subida pelo passo do Kukenán. Há um rústico campanário que, à falta de sinos, balança duas metades de tubos de oxigênio. Há belos vasos de cerâmica brasileira nos alpendres. E, pendurado em duas fachadas, um letreiro para sonhar:

COMPRAM-SE OURO E DIAMANTES

Mas eis que vem em nossa direção, a passos largos, um frade saído de uma tela de Ribera – ágil, magro, barbudo, empunhando um tremendo bordão de matar cobras. Como logo saberemos, neste mundo que, com pouquíssimas novidades superficiais, é o mesmo encontrado pelos primeiros Conquistadores, esse frade, personagem de algum óleo abetumado, ostenta um nome de vetusta sonoridade, digno de ter constado no primeiro registro de passageiros para as Índias ou de ter convivido com o astrólogo Micer Codro, ao amparo do retábulo sevilhano de Nossa Senhora dos Navegantes. Diego de Valdearenas é o nome desse afável e hirsuto capuchinho, padre superior da missão de Santa Elena de Uairén, cujas duas grandes casas se erguem, a pouca distância do povoado, nos dois lados do caminho que leva à aldeia dos índios catequizados. Por uma comovente preocupação dos frades, essas casas com teto de folha de palmeira são dotadas de janelas ogivais – de acordo com a secular noção que associa a idéia do arco quebrado ao surgimento da polifonia e ao maior império da cruz sobre as terras da Europa. Essas janelas ogivais me impressionam, na remota Grande Savana, ao pé do Roraima, pelo profundo sentido de sua reiteração. Bastou o encontro de duas linhas curvas numa parede de adobe, sob um beiral de palha, para evocar a velha eloqüência de um signo: signo e símbolo de um tipo de civilização ocidental que levou quatro séculos para chegar aqui, depois do Descobrimento, tendo de improvisar sua pequena guerra de religião. Porque estas ogivas, de traçado presente num mundo quase inexplorado, são o resultado de uma batalha em que, afinal, a heresia recebeu em pleno rosto o tinteiro com que Lutero quis atingir o diabo.

O mito de Manoa, da 'golden city', do suposto reino inca de Ataliba, meta de tantas expedições fracassadas, constitui o capítulo de uma história estranha à Grande Savana, já que os Conquistadores sempre foram derrotados pela natureza antes de chegar a este confim da América. O Eldorado, a utopia imaginada por Voltaire, a grande metrópole vislumbrada pelo padre Gumilla, integram um corpo de mitos extremamente complexo, que deve ter relação com outros mitos situados pelos europeus no Novo Mundo, mas que respondem a aspirações muito antigas e ocultas da cultura ocidental. É possível e até provável que alguns buscadores de Manoa, vindos de Santo Tomás da Nova Guiana, tenham de fato escalado até esta prodigiosa meseta. No século XVIII, por volta de 1780, um tal Antonio Santos, funcionário do governador Miguel Centurión, parece ter percorrido as terras incógnitas, reavivando o chamariz do Eldorado. Mas os contatos reais e continuados se iniciam com as viagens ao Roraima dos irmãos Schomburgk, personagens extraordinários da estirpe dos grandes alemães do romantismo, autênticos discípulos de Humboldt.

Antes de descobrir as ruínas de Tróia e exumar as jóias dos Atridas, Heinrich Schliemann interessou-se pelas ferrovias cubanas, trabalhando muito seriamente no ramo de trens. Do mesmo modo, Robert Hermann Schomburgk chegou aos Estados Unidos, em 1829, na qualidade de simples comerciante. Mas Humboldt não falara em vão, aos homens de seu tempo, de uma América que ele evocará com saudades até o fim da vida. Em 1835, o ex-negociante torna-se explorador, embrenhando-se nas selvas da Guiana Inglesa. Pouco a pouco, em jornadas cada vez mais arriscadas, aproxima-se da Grande Savana pela vertente brasileira, subindo ao 'monte dos cristais', a caminho do Roraima, onde os arecunas entoavam hinos à 'Mãe das Águas'. Maravilhado com sua descoberta, Robert Hermann regressa à Alemanha e revela a seu irmão Richard todo um mundo de plantas novas, de cogumelos, de estames tigrados, de inacreditáveis pistilos. Richard Schomburgk – assim como Chamisso – é um naturalista com imaginação de poeta. Assim como Goethe, sabe levar muito longe a contemplação de uma flor. Atraído pelas orquídeas da floresta virgem, rompe com seu cotidiano, partindo rumo a uma libertação de todo entrave, que fará dele um autêntico cidadão do mundo, à maneira de Schliemann. E em 1842 começa a admirável aventura. Richard e Robert Schomburgk serão os grandes viajantes românticos da Guiana. Românticos ao jeito de Chateaubriand – sempre impecáveis defronte à paisagem, contemplando tudo de meio perfil e com a mão bem firmada no colete, como se um lápis diligente fosse registrar a nobre pose para a posteridade.

Ainda assim, os irmãos Schomburgk se divertem em sua viagem como se protagonizassem um relato de Jean Paul. Em Georgetown, contratam os serviços de um negro chamado Hamlet – o que agrada especialmente a Richard, um fervoroso shakespeariano. E tem início a escalada das fraldas do Roraima, com inacreditáveis preocupações com a urbanidade e a observância das boas maneiras. O aniversário da rainha Vitória é festejado, em plena selva, "com 21 tiros e três hurras". Carregam nos impedimenta duas garrafas de vinho renano, reservadas para comemorar o aniversário do rei da Prússia. Pensando nos versos que se costumam declamar ao entalhar iniciais entrelaçadas no tronco de um freixo, Richard, comovido, comenta que, por desconhecerem os mimos de um casal de *psittacus passerinus*, "os poetas alemães escolheram equivocadamente o arrulho de um par de pombos como símbolo de idílio". As plantas americanas parecem-lhe extremamente refinadas em suas efusões primaveris – de uma delicadeza superior à de qualquer planta européia. De passagem, uma flor, que desde então constará em todas as enciclopédias do mundo, recebe o nome de 'Victoria Regia'. Outras flores são batizadas em homenagem a princesas alemãs. Esses dois homens educadíssimos prosseguem sua marcha rumo ao flanco sul da Grande Savana, maravilhados por encontrar cataratas, como a de Kamaiba, muito mais altas que a de Gavarnie, na Suíça. O diário de viagem enche-se de anotações que conseguem ser polidas até com o atroz trigonocéfalo. Nem Robert nem Richard perdem a linha diante daquela jibóia "empenhada em visitá-los", ou em seu primeiro encontro "com uma fêmea de anta de tamanho incomum". Certo dia, uma forte ventania vinda da serra de Paracaima carregou vários números do *London Times* que os exploradores levavam com eles. Richard registra que esse contratempo deve ser visto como "um aumento da circulação do jornal". Por fim, subindo em direção ao "paraíso das plantas", como eles o chamam, os irmãos recebem uma homenagem dos índios arecunas, todos adornados com folhas. Recordando os guerreiros disfarçados de árvores anunciados na profecia feita a Macbeth, Richard acha um jeito de introduzir oportunamente uma fina citação shakespeariana:

If this which he avouches doth appear,
There is no flying hence, nor tarrying here[2].

Tendo sido os primeiros a descrever o Roraima Tepui, a roçar um flanco da Grande Savana, os irmãos Schomburgk, favorecidos pela coroa britânica (em grande parte por causa da famosa 'linha' traçada em prejuízo da Venezuela), prosseguiriam seu singular destino. Robert foi cônsul da Inglaterra no Haiti, antes de se transferir a Bangcoc. Quanto a Richard, acabou seus dias na Austrália, como diretor do Jardim Botânico de Adelai-

---

2. "Se é verdade / O que este nos refere, não adianta / Fugir daqui ou aqui quedar" (*Macbeth*, trad. Manuel Bandeira, São Paulo, Brasiliense, 1989). (N. de T.)

de, onde cultivou os mais belos exemplares de vitória-régia já vistos, contribuindo, com suas memórias e comunicações, para enriquecer a fastuosa descrição da estufa de *La curée*, onde Zola situou os amores incestuosos de madame Saccard. Mas não podemos esquecer algo que nos diz respeito. É que um dos irmãos, em suas andanças pelo Roraima, sentiu-se obrigado – como cumpre a uma pessoa educada que foi bem recebida – a presentear o cacique da pequena aldeia arecuna de Camaiguaguán. O presente consistiu numa Bíblia de robusta encadernação. Além disso, em uma cerimônia informal, porém correta, o chefe foi batizado com o nome de Jeremias.

Quando o visitante partiu, Jeremias reuniu seus arecunas e, com o livro bem aberto diante dos olhos, pôs-se a explicar o texto sagrado. "No princípio era o Verbo." Mas não, Jeremias não sabia ler. No princípio não foi o Verbo. Foi o Machado. O machado de Macunaíma, cujo gume de sílex – bate que bate, corta que corta – ia arrancando lascas do tronco da Grande Árvore. À medida que caíam no rio, essas lascas se transformavam em animais. Mas Macunaíma não olhava para eles. Continuava trabalhando lá no alto, na ramagem, bate que bate, corta que corta. E o veado escolheu por morada as úmidas barrancas; e os pássaros, providentes do ninho, andaram por entre os juncos. E cada um fez ouvir sua linguagem, segundo seu clã e seu jeito. Então Macunaíma, o mais alto dos seres, deu descanso ao machado e criou o homem. O homem começou dormindo profundamente. Quando acordou, viu que a mulher estava deitada a seu lado, e desde então foi lei que a mulher se deite ao lado do homem. Mas eis que o Espírito Mau, oposto ao Espírito Bom, ganhou grande ascendência sobre os homens. Os homens, ingratos, logo se esqueceram de Macunaíma e deixaram de invocá-lo com as devidas louvações. Por isso Macunaíma enviou as grandes águas, e a terra inteira foi coberta pelas grandes águas, das quais só um homem conseguiu escapar numa canoa. Depois de muito tempo, pensando que Macunaíma já estaria cansado de tanto dilúvio, o homem da canoa mandou um rato para ver se as águas tinham baixado. O rato voltou com uma espiga de milho entre as patas. Então o homem da canoa jogou pedras atrás dele e nasceram os arecunas, que, como se sabe, são os homens preferidos do Criador. Todo mundo também sabe que a Grande Savana é o local onde se deu a criação. Os homens que vivem nela são os depositários das Grandes Verdades. E, cada vez que um bólide incandescente cruza o céu – pois alguns bólides foram vistos em um tempo que transcorria muito lentamente –, todos sabem que a grande arara Uatoima está voando para a morada do homem que repovoou o mundo depois do dilúvio.

E assim continuava a lição do cacique Jeremias quando, em 1903, o dr. Elías Toro o encontrou cantando em arecuna sobre sua velha Bíblia inglesa. Mais de sessenta anos haviam transcorrido, sem grandes calamidades nem fatos muito memoráveis, exceto um ou outro vôo da Grande Arara pelo céu. Nesse ínterim, por volta de 1884, sir Everard Im Thurm chegara pela primeira vez ao cume do Roraima. Mas Jeremias guardava uma inesquecível lembrança do senhor Schomburgk, que fora seu hóspede – tão correto, tão discreto –, no 'como íamos dizendo ontem' de mais de meio século. Em suas mãos, a Bíblia ganhara categoria de talismã, de objeto mágico, o diabo zombava da Reforma e tudo permanecia na época romântica em que se batizavam flores com nomes de princesas alemãs. Lá, ao pé das rochas imutáveis, o tempo havia parado, desprovido de qualquer sentido ontológico para o frenético homem do Ocidente, fazedor de gerações cada vez mais curtas e débeis. Não era o tempo que medem nossos relógios, nossos calendários. Era o tempo da Grande Savana. O tempo da Terra nos dias do Gênesis.

Passaram-se muitos anos mais: o corpo de Jeremias cobriu-se de escamas, as mulheres de Camaiguaguán disseram que as de uma tribo vizinha pariam menos e não sabiam espiolhar seus maridos, e por isso houve uma guerra que acabou com uma dança de reconciliação. Mas então apareceram novas caras brancas no caminho do Roraima. Eram homens que traziam a velha heresia dos milenaristas. Pregavam o advento de um reino de Jesus que seria visível sobre a Terra; diziam que os mortos ressuscitariam, que os santos retornariam e, depois, soariam as trombetas do Juízo Final. A descoberta de uma Bíblia ao pé da Meseta-Mãe foi considerada pelos missionários adventistas um inequívoco sinal divino, induzindo-os a prosseguir seu caminho. Por isso, os portadores da palavra de William Miller realmente adentraram a Grande Savana, de tal modo que, em 1924, quando Lucas Fernández Peña, o fundador de cidades, chegou a essa região – mais tarde chamada Santa Elena de Uairén –, encontrou-os perfeitamente instalados, sem a autorização de ninguém. O recém-chegado, venezuelano de pura cepa, não se entendia muito bem com os hereges saxões. Por isso favoreceu a vinda dos capuchinhos franciscanos espanhóis, que fundaram a missão que agora visitamos, em 1931, depois de uma viagem mirífica através da floresta. E foi assim que a Bíblia de Jeremias foi substituída pela janela ogival, e frei Diego de Valdearenas, que poderia ter sido capelão de Diego de Ordaz, chegou a esta América com quatrocentos anos de atraso.

Ao partir, no entanto, os adventistas deixaram um personagem extraordinário, que vale por todas as mulheres que partiram a cavalo, por todas as ladies Chatterley de Lawrence: a esposa de um dos missionários, pálida e loura inglesa que, transformada, abalada em todas as suas noções pelo âmbito telúrico da Grande Savana, ficou morando ao pé de um monte distante, exercendo a poliandria com a imprescindível colaboração de dois maridos arecunas.

Aonde mandas o Almirante
Para renovar meus danos?
Não sabes que há muitos anos
Eu sou lá senhor reinante?

Diz o Diabo à Providência em uma das peças americanas de Lope de Vega.

O ÚLTIMO BUSCADOR DO ELDORADO[1]

> *Este caminho é bem largo*
> *por ser de muitos a estrada,*
> *por onde vão procurar*
> *o que ninguém nunca alcança.*
> José de Valdivieso

Nem todos os conquistadores nasceram junto de um estaleiro, em lençóis estampados de astrolábios, ou tiveram precoce vocação de navegantes ou de adiantados. Houve os que foram guardadores de porcos nos carvalhais de Cáceres; houve os contadores e agentes da banca dos Medici; houve os pajens, os menestréis, os vihuelistas e até os finos letrados, como aquele governador de Veragua que fora "grande homem em compor vilancicos para a noite do Senhor". Era raro um Conquistador ter porte de atleta ou poder levantar o morrião acima de qualquer biscainho mal-encarado,

---

[1]. Publicado em *El Nacional de* Caracas, 7 dez. 1947; *Carteles* (Havana), 29(19): 14-17; 9 maio 1948. (N. da Ed. Bras.)

daqueles que o invejoso Diego Velázquez despachava para deter um Cortés. (Ojeda e Nicuesa se notabilizavam por sua baixa estatura.) Portanto, os Conquistadores que chegaram a Karamata e à Grande Savana, há pouco mais de vinte anos, com a intenção de levar a aventura ao extremo limite de suas possibilidades, eram homens que em tudo se inserem na grande tradição. Retomava-se, depois de séculos de espera, a história iniciada com o 'terra à vista!' de Rodrigo de Triana. O mundo de formas singulares ao pé do grande cilindro pardo do Roraima ficaria definitivamente ligado ao resto da América pela vontade de um boticário de Carabobo, tão pequeno de tamanho quanto nervoso e rijo, e pela de um catalão de olhar claro e voluntarioso, que fora fabricante de artigos de malha em Barcelona, antes de ouvir o misterioso chamado que um belo dia o fez cair no porto cambiante de La Guaira – muito conhecido por um irmão de Johannes Brahms –, fadado a empreender, às cabeceiras do Caroni, viagens apenas comparáveis às maiores explorações do continente[2].

Quando Lucas Fernández Peña, o valenciano, chegou às margens do rio Uairén – enquanto Félix Cardona, acompanhado por Juan Mundó, subia rumo à base do Auyan-Tepui –, encontrou a Grande Savana dividida entre as principais tribos dos

---

2. "Em 1927, Félix Cardona e Juan Mundó organizaram uma expedição que partiu de San Pedro de las Bocas e subiu o Caroni até o rio Kukurital, onde se montou um acampamento com a finalidade de subir o Auyan-Tepui por sua vertente noroeste. Tendo fracassado em seu intento, Cardona e Mundó empreenderam, então, uma das mais extraordinárias viagens já realizadas na região, navegando pelo Caroni até o grande salto de Tobarima e, invertendo a rota, descendo o Tirika até a confluência com o rio Parurén, cobrindo uma distância de mais de 300 quilômetros... Esses exploradores chegaram à porção sudoeste da Grande Savana, perto da aldeia indígena de Uón-Ken, onde Mundó permaneceu durante um ano, enquanto Cardona voltava em busca de ajuda para a expedição. No final de 1928, Cardona voltou para buscar Mundó, encontrando-o já de regresso, mais acima da desembocadura do Carrao no Caroni. Cardona resolveu seguir viagem sozinho e entrou pelos rios Carrao e Akanán, até Karamata, fazendo o primeiro levantamento dessa região. [...] No início de 1937, Cardona e Henry conseguiram escalar o Auyan-Tepui" (*Revista de Fomento*, nº 62, março de 1946). (N. do A.)

taurepangues e karamacotos, pertencentes ao grupo arecuna, de raça caribe. Os primitivos índios xirixanas e uapixanas, descendentes dos guajaribos [ianomâmis], foram empurrados para baixo, para as cabeceiras do Cotinga, do Arabopó, do Caura, por um povo mais industrioso, sempre necessitado do pilão e do tipiti, conhecedor de cantos de pura diversão e regozijo – pois nem tudo o que se grita há de ser música medicinal, nem ventriloquia de pajé –; um povo capaz de perceber que a figura de uma rã, feita em vermelho sobre o trançado de uma cesta, realça a cesta, e que há um prazer raro, difícil de explicar, em transformar matérias dóceis em figuras de tartarugas, jacarés, antas e tamanduás. É por isso que os taurepangues, desde tempos imemoriais, modelam o barro, havendo até os que, dados a outro tipo de representação, desenham mulheres ralando mandioca, o pajé sangrando um doente, caçadores disparando setas com a zarabatana. Outros, os mais sábios, fazem mapas onde se podem reconhecer os rios que descem das perfeitas mesas do Roraima e do Kukenán[3].

Em um tempo não muito remoto, os taurepangues e os karamacotos travaram sangrentos combates. Mas há muitíssimos anos reina a paz à sombra dos montes. Os homens compreenderam que já não possuíam as virtudes guerreiras dos Grandes Caribes, aqueles avós que, durante mais de dois séculos, empreenderam sua misteriosa migração para o norte, matando todos os homens de outras raças, emprenhando as fêmeas arauás – sem por isso deixarem de praticar a pederastia ritual –, numa marcha só interrompida pela aparição dos espanhóis, quando, saltando de ilha em ilha, acuando e empurrando os fracos tainos, já estavam perto de alcançar o que – segundo alguns – era a meta su-

---

3. Há admiráveis reproduções desses desenhos e esculturas no terceiro volume da obra monumental de Theodor Koch-Grunberg *Von Roraima Zum Orinoco* (Stuttgart, 1923). (N. do A.)

prema da lenta e segura invasão: o reino dos maias, sobre o qual chegavam fabulosas notícias nas desembocaduras dos Grandes Rios. Por onde quer que andassem, Lucas Fernández Peña e Félix Cardona, separados, no entanto, por centenas de milhas de mata virgem, observavam o mesmo culto à memória dos ancestrais caribes. Seus mansos descendentes atribuíam-lhes Trabalhos sem fim, e até o poder de modelar o planeta. Sabiam que aquele penhasco de perfil vagamente humano fora erguido pelos caribes; sabiam que aquela queda-d'água devia-se à sua indústria, e também esse passo entre dois rios, assim como os desenhos feitos sobre as pedras que falam. Porque os Grandes Caribes foram capazes de abrir túneis no maciço dos montes, de arranjar as matas a seu bel-prazer, de fazer as correntezas sumirem em passagens subterrâneas. Depois dos Demiurgos, eles eram os seres mais poderosos do mundo, viajantes aproveitadores das invenções dos mais fracos, invasores que, do século xiv ao xvi, indo em busca de um reino, de uma terra prometida onde se estabelecer, viviam, nesta América ainda desconhecida pela Europa, a grande e obscura epopéia migratória que achamos nos capítulos iniciais e nebulosos de toda história humana.

Tendo escolhido, como local apropriado para fundar uma cidade, a ribeira do pequeno Uairén – que acabamos de atravessar sobre uma ponte da mais perfeita técnica taurepangue, idêntica às desenhadas por Theodor Koch-Grunberg –, Lucas Fernández Peña ergueu sua casa não muito longe de uma minúscula aldeia indígena. Depois mandou trazer das altas pastagens brasileiras, pelo acidentado caminho do Kukenán, animais aptos a se reproduzirem, com algum proveito para o homem. Assim como o Adão de William Blake denominou os animais pela primeira vez, o pequeno boticário valenciano um dia mostrou aos taurepangues um bicho de olhar manso e grandes úberes e disse que se chamava 'Vaca'. E assim o povo soube o que era uma vaca. E assim fez com o Carneiro. E assim fez, mais tarde, com a Mula, depois de esclarecido o mistério de certos cruzamentos. O Cavalo, como sempre, continuava sendo notabilíssimo animal, assombroso em sua revelação – uma vez que ainda não existe caminho que permita a quatro cascos bem ferrados chegar à Grande Savana pela vertente venezuelana –; animal de artes, de domas, de manhas de montaria, que sempre deu, na América, uma pose eqüestre à cultura européia. Contudo, apesar da majestade do Cavalo – mais visto na ascendência da mula brasileira que de relincho presente –, os índios arecunas continuavam espantados com o fato de um ser humano poder comer ovos de aves e beber leite, coisas infectas, totalmente impróprias para a alimentação. Mas aprendiam a técnica da castração do Touro, fazendo do boi besta de carga e trator de lavoura. Enquanto isso, Lucas Fernández Peña percorria a região. Conhecia o mundo que nunca haveria de abandonar. Examinava as pedras, descobrindo brilhos insuspeitados. Até que um dia pensou que era chegada a hora de tomar mulher, pois quem pretende fundar uma cidade deve começar por constituir e governar uma família.

Os moradores da Grande Savana ainda se lembram da grande festa com que se celebrou o casamento do descobridor com uma robusta e bela nativa, talhada para ser boa mãe. Logo o lar do pequeno boticário foi alvoroçado com o nascimento de três filhas: Elena, Teresa e Isabel. E como as ovelhas já buliam ao pé da meseta de Acurima e se desconfiava que o destino daquela trilha com uma casa de cada lado era tornar-se a rua principal de um povoado, o lugar recebeu o nome de Santa Elena de Uairén, em homenagem à protetora da menina Elena. Estava fundada a primeira cidade da Grande Savana. (Em 1927, surgia, portanto, uma nova cidade na América, exatamente como nascera – com o mesmo processo de formação – a de Santiago de Cuba, em 1514.) Depois seria fundada Santa Teresa de Kavanayén. Depois ainda, a vila de Santa Isabel. Nunca um pai deu às filhas presentes tão suntuosos, colocando uma cidade em cada berço. Logo se descobriu que essas cidades confirmariam a tradição do Eldorado, que Raleigh, com obscura intuição, situara nesse mundo do alto Caroni. Um dia a picareta do explorador penetrou nas fraldas do Parai-Tepui, perto do rio Surukun, descobrindo jazidas de ouro e diamantes. Os ventos espalharam o cheiro do ouro por toda parte – cheiro de porão de galeão, de retábulo barroco, de frasco de água-régia – e os aventureiros, os caçadores de tesouros, os homens de mãos cavoucadoras começaram a rondar as mesetas e a subir as torrentes. Veio um tempo de violência, de tocaias, de ciladas, de garimpeiros encalçados desde Boa Vista, no Brasil, e friamente assassinados sobre um lodo rico demais. Vivia-se a mítica e universal tragédia que acompanha toda descoberta de tesouros, quer se trate de uma botija emparedada, de uma arca de velho avarento ou de um baú enterrado em alguma ilha antilhana. E, para arrematar, um dia apareceu à luz do sol um diamante de cem quilates, para descompassar o coração de homens que nunca haviam ouvido falar da Grande Savana.

Entretanto, o pequeno boticário valenciano prosseguia obstinadamente sua grande obra. Fundada a cidade, era preciso traçar sua rua principal – como Pizarro fizera em Lima –, determinar a localização de sua Sede de Governo e sua Catedral. Da catedral se encarregaram os laboriosos e barbudos capuchinhos, recém-chegados, erguendo uma cruz de madeira no topo de um teto de palha, como fez em Cuba Alonso de Ojeda, ao consagrar uma primeira palhoça a Nossa Senhora. Da Sede de Governo – na pessoa de um chefe civil – encarregou-se algum cidadão amante da ordem, dono de um animal de montaria; em suma, um 'caballero', segundo a acepção dada ao termo pelas Cédulas Reais da colonização, no século XVI, concedentes de mercês de *caballería* e *peonía**. Na verdade, a Cidade começava a existir

---

* *Caballería:* aqui no sentido da parcela de terra que a Coroa concedia para o usufruto de quem tivesse armas e cavalos para defender sua posse. *Peonía:* gleba que se costumava destinar aos soldados participantes da conquista de um território. (N. de T.)

conforme as grandes tradições da Conquista. De fato, havia *cabildo**, justiça e regedores. Os frades castelhanos doutrinavam os índios com seu falar castiço. Promulgavam-se leis de interesse geral, que pouco deviam se diferenciar de certos acordos inaugurais do Cabildo de Caracas: "Se um mineiro descobrir veio ou jazida e for de ouro grosso que tenha metal para moer, o dito mineiro será obrigado a comunicar o achado ante os oficiais ou o *cabildo* desta cidade". Reservou-se um terreno para o cemitério, cujas covas só receberam, até a data, quatro corpos vitimados por acidentes, já que o clima maravilhoso da Grande Savana não é dos que provocam doenças. Uma delegacia do Roraima freou os excessos dos garimpeiros brasileiros. Abriu-se um armazém de secos e molhados. Apareceram alguns livros. Um faquir de Manaus, tão inesperado quanto o bufão negro que levou a peste para o México, apresentou um memorável espetáculo de variedades em que se teve a oportunidade de aplaudir três odaliscas que cantavam em português, com a voz um tanto cansada pelos nove dias de viagem através da floresta. Um grande retrato de Camille Flammarion veio decorar o gabinete-biblioteca-escritório-botica de Lucas Fernández Peña. As crianças nascidas em Santa Elena começavam a entoar o abecedário ao compasso do mata-cobra de frei Diego de Valdearenas. E um dia chegaram três grandes cântaros de cerâmica brasileira, trazidos em lombo de mula, das margens do rio Negro. Três cântaros de diferentes tamanhos, assinalados com os nomes de Elena, Teresa e Isabel, para aliviar a sede dos caminhantes. Pois quem pára à porta da casa do Fundador de Cidades recebe água do cântaro correspondente à mão que oferece o frescor. Elena, Teresa, Isabel. Três moças. Santa Elena, Santa Teresa, Santa Isabel. Três cidades. Três cidades com nomes de mulheres que já fazem parte da grande

---

* Junta de cidadãos que exercem a vereança e o local onde eles se reúnem. (N. de T.)

lenda da América e que serão citadas nos livros do futuro, do mesmo modo como constam, no *Popol-Vuh*, os nomes das esposas do Feiticeiro Noturno e do Feiticeiro Lunar. Apesar de tudo, o Fundador de Cidades, o descobridor de diamantes, o iluminador de veios, não enriquecia. E não enriquecia por ter descoberto algo situado além de toda sede de ouro: a inutilidade do ouro para qualquer indivíduo que não deseje retornar a uma civilização que não apenas inventa a bomba atômica, mas que além disso é capaz de inventar justificativas metafísicas para explodi-la. Assim como Paracelso abandonou a busca da pedra filosofal tão logo apareceram, voltando da América, os primeiros galeões carregados de ouro, o pequeno boticário, depois de construir sua casa, criar sua família e traçar a cidade a seu capricho, compreendeu quais são as verdadeiras riquezas do homem. Agora, desprezando os garimpeiros que cavoucam o lodo dos rios em busca de uma espécie de alquimia que só serve para alimentar as baiúcas e vendolas de Ciudad Bolívar, Lucas Fernández Peña adentra mais e mais a floresta, para ver o que os outros homens não viram, para satisfazer plenamente sua profunda vocação de descobridor. Durante longos meses, Elena, Teresa e Isabel só têm notícias do pai através de algum viajante fortuito que cruzou com ele em um vale perdido ou em algum incógnito contraforte da Serra de Parima. Ao regressar, ele arrebanha algumas lasquinhas de aquarela e traça mapas realçados com fortes cores, surpreendentemente parecidos com os dos cartógrafos de outrora. Suas representações de regiões desconhecidas têm muito da técnica de Mercator e de Ortellius, como se a presença de toda porção da terra se tivesse de fixar na mente do homem depois de passar pelas mesmas etapas figurativas. Nesses mapas que agora admiro, há grandes áreas pintadas de vermelho, vastas como uma província da Espanha, sobre as quais se lê uma única palavra: PERIGO. Ainda é muito cedo para quebrar o feitiço que emana dessas manchas, desses desertos aquarelados, desses vazios geográficos semelhantes aos que, nos mapas medievais, indicavam o ancoradouro da peregrina ilha de São Brandão, as moradas do unicórnio e do olifante e a localização do Paraíso Terrenal. Deixemos o segredo desses Perigos para o homem que, a seu modo, pôs em prática nesta Grande Savana as virtudes necessárias aos navegantes, segundo o saboroso texto de *Las partidas*: "Que sejam esforçados para sofrer os perigos e o medo dos inimigos, outrossim, para os acometer ardentemente quando mister for". Na grande paz desta meseta prodigiosa onde não se vê um jornal há seis meses, ouve-se a voz do pequeno boticário valenciano que traz na mão o caduceu vivo de um cajado sobre o qual se enroscam – em hipocrática espiral – três cobras pretas, que acabaram de ser mortas diante de nossos olhos:

– Eu sou um aventureiro, senhor.

– E como o senhor chegou aqui? – alguém pergunta.

– Andando, senhor.

– E o que o trouxe a esta região?

– A Lenda, senhor.

Que lenda o Fundador de Cidades pode ter perseguido até os pés do Roraima, senão a lenda do Eldorado? A mesma que despertou a cobiça do Tirano Aguirre e do tudesco Hutten, e a do governador Antonio Berrio, e a do astuto político Walter Raleigh. A que os homens da Europa perseguiram durante séculos, aliando estranhamente o propósito de saquear o ouro de Manoa ao desejo de encontrar uma Utopia, uma Heliópolis, uma Nova Atlântida, uma Icária, onde os homens fossem menos loucos, menos cobiçosos, vivendo uma história que não tivesse começado com o pé esquerdo. Era na América que Thomas More situava sua Utopia: também na América devia encontrar-se a Cidade do Sol de Campanella. Foi de fato na América que Etienne Cabet fundou sua malfadada Icária. E foi justamente em Manoa que Cândido ouviu do inevitável ancião racional do século

XVII francês: "Como estamos cercados de rochedos inacessíveis e de precipícios, ficamos até agora ao abrigo da rapacidade das nações da Europa, que têm uma gana inconcebível pelos cascalhos e pela lama de nossa terra". É muito interessante observar que homens como Lucas Fernández Peña e Félix Cardona, descobridores de jazidas de ouro e diamante que renderam tantos lucros para outras pessoas, que já alimentam empresas organizadas, nunca se preocuparam em enriquecer com suas descobertas. Talvez porque, na grande aventura de solidão, de risco, de vontade que implica a condição de navegantes da selva, esses homens superaram em si mesmos a etapa espúria da sede de riqueza obtida sem esforço, para encontrar sua própria e íntima Utopia. A utopia tangível nas obras, sensível nas lembranças, de uma vida realizada, de um destino ímpar, de uma existência afirmada em feitos, de um completo desprezo pelas inconsistentes facilidades da chamada civilização. Thomas More conta que, ao descrever a ilha dos utópicos, Rafael Hitlodeu não indaga acerca desses "monstros que já deixaram de ser novidades", "Cilas e Celenos, e os Lestrigões, devoradores de homens; já não é nada fácil, porém, encontrar exemplos de sistemas sociais justos e sábios".

Talvez tenha sido justamente isso o que o pequeno boticário valenciano procurou na grandiosa solidão da Grande Savana. Um país sem governo, para poder governar-se a si mesmo de forma justa e sábia. Esse aventureiro que veio caminhando em busca da Lenda do Eldorado deixou para trás, há mais de vinte anos, uma desprezível realidade de masmorras, adulações e vomitivos, para encontrar, nesta Santa Elena de Uairén, sob um teto de palha, junto à mulher do Gênesis, uma Utopia sob medida para sua misteriosa vocação e seus desejos mais profundos. "Só será digno de encontrar os segredos da transmutação dos metais quem não tirar proveito do ouro obtido", reza uma das leis fundamentais da alquimia – lei oculta que é, provavelmente, o verdadeiro grande segredo do Eldorado.

CIUDAD BOLÍVAR, METRÓPOLE DO ORENOCO[1]

*Para Raúl Nass, a quem devo
as nobres alegrias desta viagem
inesquecível.*

Depois de um claro amanhecer que nos apanhou sob as águas geladas de uma cachoeira, depois de um ingrato encontro com uma cascavel, seguimos para a pista de pouso de Santa Elena, onde os motores de nosso avião nos apressam com seu ronco. Hoje é o dia da partida – partida que, no entanto, não é regresso, pois só agora iniciamos a segunda etapa da viagem que nos levará ao mundo, tão diferente, do Alto Orenoco –, e o céu começa a se fechar com impressionante rapidez, baixando pesadas nuvens sobre as mesetas da Grande Savana. Mal levantamos vôo, somos obrigados a desviar o rumo para fugir de uma forte turbulência, que se agrava a cada minuto sobre as cabeceiras do Caroni.

---

1. Publicado em *Carteles* (Havana), 29 (24): 14-16; 13 jun. 1948 (Visión de América, 5). (N. da Ed. Bras.)

Esse contratempo nos promete o privilégio de sobrevoar a garganta do Cuyuni – outro rio praticamente inexplorado –, raiando a fronteira com a Guiana Inglesa. Mas o mau tempo nos obriga a ganhar altitude, frustrando nossa expectativa. E daquela paisagem só nos resta a visão dramática de dois montes em forma de camelo, surgidos de nuvens empurradas por ventos furiosos e de um leito que se enreda e desenreda, tão enroscado sobre si mesmo que em certos lugares se corta e se cruza, como que desenhando os caracteres de um alfabeto desconhecido, no fundo da selva. A pouca visibilidade, com sua virtude de obrigar o viajante a se distrair com seus próprios pensamentos, traz à minha mente, por associação de imagens geográficas, a lembrança de Alfred Clerec Carpentier, meu surpreendente bisavô – o primeiro americano de minha família –, que explorou estas terras das Guianas, em meados do século passado, trazendo como amável troféu um par de abotoaduras de ouro guianense que agora trago nos punhos. Capitão-de-fragata, filho de um comandante de navio morto heroicamente na batalha de Trafalgar, esse antepassado de estirpe marinheira sentiu-se seduzido, desde muito jovem, pelas possibilidades de exploração oferecidas por certas regiões virgens da América. Teve particular atração pelas Guianas, fonte de riquezas, terras que ainda hoje continuam pouco menos que desconhecidas. Assim, conseguiu que o Almirantado francês lhe confiasse a exploração do Oyapox ou Oiapoque, rio fronteiriço entre a Guiana Francesa e o Brasil, navegável por centenas de quilômetros.

Assim como os antigos conquistadores espanhóis, Alfred Clerec Carpentier começou projetando e construindo um barco apropriado para navegar em águas cheias de correntes traiçoeiras e prováveis escolhos. Mas, quando o *Oyapox* – era esse o nome do barco – ficou pronto em um estaleiro francês, meu bisavô ganhou fama de louco, pois as pessoas se perguntavam, entre risotes mal disfarçados e com uma ponta de razão, como aquele vapor de fundo plano seria levado ao Novo Mundo. Mas o intrépido marujo previra tudo. E, com uma tripulação de valorosos bretões escolhidos a dedo, realizou a incrível proeza de *atravessar o Atlântico em um barco fluvial* (!), chegando às Guianas sem maiores percalços. Daí em diante, o grupo ficou conhecido pela honrosa alcunha de *Oyapox*, e sua memorável façanha animou outros membros da família, também seduzidos pelos encantos da América, a se estabelecerem em Cuba, na Colômbia ou em países da América Central e terem filhos latino-americanos.

Estava às voltas com esssas lembranças na enfadonha clausura do avião enfronhado nas nuvens, quando, de repente, na luz de um amplo raio de sol, o Orenoco apareceu pelo oeste, fechando um horizonte claro. E, se eu disse "fechando um horizonte", foi porque, até conhecer o Orenoco, nunca imaginei que um rio – coisa circunscrita, caminho de águas apertado entre margens – pudesse ocupar a área de visão de um braço de mar, como se sua margem delimitasse uma terra. Porque o Pai Orenoco não pede licença à terra – como os rios que se deixam conduzir pelo relevo – para correr por onde bem entende: o Pai Orenoco, ao contrário, parece rasgar a terra com um gigantesco dente de arado; parece dividi-la, empurrá-la às duas bandas de suas águas, como se ela fosse um elemento frágil, de natureza muito fraca. Onde o Orenoco está, é o Orenoco quem manda.

A terra parece debruçada, amedrontada, diante do majestoso fluir de seu caudal profundo, revolto de lodo, atormentado, dentro de sua imensa unidade, por redemoinhos e correntes contrárias que em nada alteram sua imperturbável presença. Antes de receber no flanco direito as águas do Caroni, filho de cataratas que caem de mesetas perdidas no céu, o Orenoco já casou as águas tormentosas do Meta com as de rios como o Apure e o Caura, muito mais importantes – tanto pela extensão de seu curso, como por sua impressionante presença – que certos rios europeus de derramada retórica poética e pouca água de verdade. Antes de engendrar mil ilhas nos canais de seu delta, o Orenoco se tingiu de limalha de rochas, de areias acobreadas, de resinas amarelas, roubadas dos flancos de ilhas maiores, chamadas, pelo divino e pelo humano, Altagracia, Rosaria, Infierno, Mística, Isabel, Rafael, Tigrita, Rabopelado e Ratón. "Tivemos de ancorar junto do continente, à direita, entre duas montanhas...", escrevia sir Walter Raleigh ao narrar à rainha Elizabeth da Inglaterra sua primeira navegação nas águas do Orenoco. "Junto do continente [...] entre duas montanhas." Essa simples frase, por si só, fornece toda uma escala de proporção.

A HISTÓRICA ANGOSTURA

Ciudad Bolívar – a histórica Angostura del Congreso – domina o Orenoco do alto de uma colina de suaves contornos. Deixando para trás o moderníssimo aeródromo e um bairro residencial que poderia encontrar-se em Havana, o forasteiro penetra no centro velho da cidade, que começou a ser construída em 1764 e, felizmente, conservou sua placidez de ares aristocráticos. A arquitetura das casas, com suas grades de madeira torneada, seus telhados e balanços, lembra a de algumas residências coloniais de Trinidad, de Santiago de Cuba, de Pátzcuaro. Às vezes, no entanto, observa-se sob os beirais das mansões mais luxuosas um trabalho de arabescos e ornamentos executado em madeira maciça por caprichosos ebanistas, semelhantes às famosas grades de certas casas da Luisiana.

A catedral, com sua torre redonda, sua longa nave fechando um parque tropical de estampa muito romântica, padece, arquitetonicamente falando, da falta de unidade própria de certos santuários construídos na América no final do século XVIII, mas apresenta certos elementos característicos que, em um futuro próximo, certamente alimentarão um estilo decididamente americano. (A ausência de um grande estilo pode determinar um estilo; só agora começamos a perceber o encanto de certas rocalhas, as graças do rococó, a evidente poesia dos baldaquinos e espelhos do Segundo Império.) Como tantas outras igrejas do continente, construídas provavelmente por mestres-de-obras bascos, a de Ciudad Bolívar oferece-nos, em sua nave central, esse vigamento a um só tempo sábio e rústico, com oportunas torções de mísulas, que encontramos nas aldeias de pescadores do golfo de Biscaia. Na penumbra das abóbadas caiadas, brande sua espada o eterno são Jorge vagamente barroco, de capacete empenachado, gibãozinho de veludo e botas de meio cano, cuja indumentária tanto se assemelha – como um dia me mostrou Louis Jouvet, na igreja cubana de Santa María del Rosario – à dos trágicos que, no século XVIII francês, interpretavam os grandes papéis de Racine. No coro há um órgão rústico, de vinte tubos montados num bastidor de madeira – de evidente feitura americana, como outro que existiu em Trinidad –, capaz de prostrar de joelhos o reverendo padre Guillermo Furlong, douto pesquisador da organologia colonial. Ao lado do altar-mor, uma lápide tumular exibe o seguinte epitáfio, que contém em estado bruto todos os elementos de um grande romance:

> José A. Mohedano
> Segundo Bispo da Guiana,
> morto em 1804
> Introdutor do Café na Venezuela

Depois de atravessar o parque, agora nos encontramos na sala retangular, de assoalho rangente, onde se representou um dos atos mais extraordinários da história americana. Ato extraordinário por seu sentido premonitório; por uma certeza visionária que desafiava o ridículo implícito numa derrota. Atrás daquela mesa desconfortável, com suas marchetarias abetumadas pelo tempo, sentou-se Simón Bolívar quando era, em sua própria história, aquilo que Davi, pastor de ovelhas, fora para a história de Davi. Pensem em Colombo, ao partir da Barra de Saltes, "andando com forte viração até o sol se pôr setenta milhas ao Sul".

Pensem em Wagner, endividado, solitário, perseguido, escrevendo dramas líricos destinados a um teatro que ainda não existia na Europa. Porque, quando Simón Bolívar reúne os delegados no Congresso de Angostura, a 15 de fevereiro de 1819, ainda não transmontou os Andes, ainda não libertou Nova Granada; seus melhores chefes mal lhe obedecem; a causa republicana parece totalmente perdida. E, no entanto, é esse o momento que aquele homenzinho nervoso, de olhos perscrutadores demais para seu meio, de testa alta demais para seu tempo, escolheu para convocar um congresso às margens do Orenoco, na antiga cidade de Santo Tomás da Nova Guiana – que o barão de Humboldt conhecera, dezenove anos antes, castigada pela febre, rodeada de assustadores jacarés cujos hábitos eram observados pelos ribeirinhos "assim como o toureiro estuda os hábitos do touro".

Naquele ambiente tão hostil, reuniu-se um Congresso que pretende nada menos que estabelecer a nobre loucura de um governo constitucional. De rosto presente perduram, em suas molduras douradas, os homens que participaram, com toda a seriedade, daquele Congresso que então não passava de um Congresso de sombras – sombras que por momentos falavam em "felicidade do gênero humano", com velha dicção enciclopedista. Nomeado presidente provisório, Bolívar logo armou as barcaças para atravessar o rio, deixando à frente do Executivo fantasma o austero, agudo e magro Francisco Antonio Zea. E a 7 de agosto deu-se a vitória de Boyacá. Tudo aquilo que, às vésperas do Congresso de Angostura, ele sonhara com temeridade de poeta se realizou. Atrás dessa pequena mesa que agora tocamos, o Libertador teve o privilégio único de amadurecer uma prodigiosa campanha militar, sem se deixar demover por sua própria audácia. Houve momentos, nesta sala, em que Bolívar viveu o futuro fazendo, do presente, pretérito, e do moinho de vento, gigante real, mais vulnerável à zunidora funda de Davi do que à lança do Cavaleiro de La Mancha.

E, agora, depois de passar em frente a um bar com nome de ressonâncias literárias e *llaneras**, o *Cantaclaro* – em qualquer país da América, 'cantar claro' ou 'cantar liso', Cantaclaro, Cantaliso, traz subentendida uma idéia de censura política ou de orgulhosa insolência –, damos de cara com o Orenoco. Mas este não é o verdadeiro Orenoco. Não é aquele que avistamos do avião, nem o que veremos navegando rio acima. Ciudad Bolívar chamou-se Angostura, em outros tempos, justamente porque o campanário redondo de sua igreja se ergue sobre a máxima 'angustura' do Orenoco. Aqui o Rio-Pai se vê espremido num canal de lajes, perdendo em largura o que ganhou em profundidade. Mas o forasteiro não viaja com uma sonda no bolso. Por isso o Orenoco não deve ser contemplado apenas do cais de Ciudad Bolívar, sob pena de desapontamento.

Feita a advertência, cumpre dizer que este *river-side* tropical possui um raro encanto. Aqui se encontram os grandes armazéns descritos por Rómulo Gallegos, onde "se vende de tudo, por atacado e varejo: mantimentos, tecidos, calçados, chapéus, ferragens, arreios, quinquilharias". E também balas coloridas, cofrinhos, brinquedos de centavos, ungüentos para queimaduras, desses que têm como marca o retrato de um farmacêutico barbudo, morto há muitos anos em alguma cidade norte-americana de nome estranho, como Tuscalosa ou Kalamazoo. De um pente de tartaruga até o necessário para equipar uma expedição ao Ventuari ou aparelhar uma tropa. Muitos desses armazéns têm, além disso, pequenas fábricas e manufaturas de três ou quatro operários, nos fundos de pátios cobertos cheirando a couro, cumaru e plantas oleosas. As fachadas ostentam – conforme tradição registrada pelo autor de *Canaima* – alguns sobrenomes corsos.

---

* Natural ou próprio de Los Llanos (as planícies), região da Colômbia e da Venezuela. (N. de T.)

E aqui estou eu, na famosa Laja de la Zapoara, a cujo limo pago o tributo de um grande escorregão na água. À beira da corrente turva, várias lavadeiras mestiças, com o busto nu e a roupa colada às rijas cadeiras, ensaboam roupas multicoloridas. Lá adiante, sobre as águas ligeiríssimas, ergue-se a famosa *Peña del Medio*, eterno indicador das cheias do Rio-Pai. Mais além, na outra margem, divisa-se o melancólico casario de Soledad. Ao subir de volta a ladeira de pedra, depois de mergulhar os braços no corpo morno do Orenoco, descubro um belo prédio colonial, um palacete térreo com um inefável ar de mistério e muitas janelas gradeadas, que me entregam o segredo de seus grandes salões desertos. Aí onde tantos saraus devem ter-se realizado, onde um dia podem ter percutido as botas de Bolívar ao compasso de um *landler* alemão, ou brilhado a gola alamarada de Juan Germán Roscio sobre um jogo de provas do *Correo del Orinoco*, nesse mesmo espaço pendem como cortinas de franjas amarelas, como xales de pergaminho, enormes quantidades de macarrão posto para secar por um manufator de cultura mediterrânea. Com essa visão, um tanto surrealista, de uma estranha ornamentação comestível que faria as delícias de Dalí, voltamos lentamente para nosso avião.

Lá embaixo, junto aos maravilhosos cais flutuantes da cidade moderna, um navio de carga se prepara para zarpar rumo à ilha de Trinidad. Por contraste, vomitando fumaça, armando um tremendo estrépito de sirenes, alimentando um alvoroço que leva uma vaca impressionável a atirar-se na água, um barco plano de dois andares – dormitórios em cima, restaurante embaixo, varanda em volta – solta as amarras, todo florescido de lenços emocionados. É *El Meta*, um dos velhos barcos fluviais do Orenoco, que subirá o rio muito lentamente, lutando contra a corrente, levando sete dias para chegar a Puerto Ayacucho – ponto que devemos alcançar agora, saltando por sobre a serra da Encaramada. O remanso que serve de porto a *El Meta* é um cemitério de navios; rastro aquático de enferrujados vapores, ponte para a aventura que, por anos a fio, levou a misteriosas ribeiras homens que, por muito buscarem o brilho do ouro, acharam a morte sem cruz. Esses barcos conheceram o seringueiro doente que treme de malária na coberta, o leproso de olhar ausente, o missionário de hábito cingido por um rosário feito de sementes. São os barcos das gravuras em cobre que ilustravam as obras completas de Júlio Verne na edição de Hetzel; são os de Emilio Salgari e também os de Fenimore Cooper. São os que continuam a ser visitados por espectros de capitães com boné de tapa-nuca, luneta e barbas à Habsburgo. Hoje adormecidos entre juncais, meio invadidos pela água, esses velhos barcos de roda fazem parte do grande romantismo americano.

Com muito de jangada, de belvedere e de casarão colonial, balançando a esmo seus timões de roda, eles têm um pouco de álbum de recordações e algo, também, de *Nocturno a Rosario*.

O PÁRAMO ANDINO[1]

A viagem à Grande Savana e a jornada do Orenoco (a cuja primeira descrição renuncio por ora, pois pretendo subi-lo de novo em breve, desta vez indo além das torrentes de Atures para chegar ao Amazonas pela remota via do Casiquiare e do rio Negro) deixaram em mim um ardente desejo de conhecer os Andes. Depois dos portentos geológicos da misteriosa meseta do Eldorado, depois do espetáculo da floresta, das pradarias habitadas por inúmeras manadas de veados de pêlo vermelho; depois de me assombrar ante as enormes esferas de granito negro engastadas nas margens do Rio-Pai como estranhos monumentos erráticos, queria completar minha primeira visão da grande natureza americana – essa que estabelece novas escalas de proporção aos olhos do homem – com o conhecimento da alta montanha, da adusta e escarpada cordilheira que faz as vezes de espinhaço do Novo Mundo e que, em seu trecho venezuelano, cobre-se de páramos de uma solene e dramática vastidão.

---

1. Primeira publicação deste artigo em *Visión de América* (Havana, Letras Cubanas, 2004). (N. da Ed. Bras.)

E, como disse o narrador de *El Crotalón*: "para de algum jeito satisfazer o insaciável ânimo do desejo que eu tinha de ver terras e coisas novas, determinei de embarcar e me aventurar nesta navegação".

ARQUITETURA COLONIAL

Depois de ver um tipo de paisagem gasto pelo hábito, o caminho dos Andes ganhou um novo aspecto, para mim, ao deixar Barquisimeto. Estávamos no meio de uma planície árida, de terra calcária, coberta de cactos e plantas nada amistosas – todas eriçadas de dardos e espinhos –, com os horizontes fechados por estranhas montanhas nacaradas, esculpidas pela luz em poderosos volumes que se destacavam, com transparência de peças de vitral, contra um céu profundamente azul. A secura, o silêncio, a imobilidade dessa paisagem quase mineral, onde as próprias plantas pareciam feitas de matéria pétrea, levavam-me a pensar, fazia já algum tempo, em outras paisagens contempladas na Espanha – nos arredores de Minglanilla, de Tarancón –, que se caracterizam pelas mesmas constantes de brancura, de pedras opalescentes sobre uma terra sedenta. À beira da estrada apareciam, aqui e ali, esses taciturnos cemitérios próprios de Lara, mudos de qualquer inscrição, data ou nome, feitos de cruzes toscas, ao pé das quais, lembrando uma antiqüíssima tradição aborígine, há potes de barro com oferendas. Secos, curtidos, de perfeita figura andaluza, os homens dessa região da Venezuela, mestres em esgrima de bordões e de facas, nem sempre erguem cruzes à memória de defuntos que passaram desta para melhor vida por obra de doenças ou achaques da velhice. Assim, em um recanto solitário, um desses campos-santos, com mais túmulos que os anteriores, lembra a sangrenta noite de um velório em Cruz de Mayo em que os presentes interromperam um passo da dança de *tamunangue* para se atracarem ferozmente com seus facões.

Por amável contraste, os povoados que surgem em meio a essa natureza de terras nuas e calcinadas são maravilhosamente acolhedores, risonhos, sombreados, cheirando ao barro molhado das moringas suadas de água fresca. A velha cidade de Quilbor, que vem a nosso encontro, é um pedaço da Andaluzia na América. Vasto museu de arquitetura colonial, a povoação foi conservada por inteiro, sem que um só edifício pseudomoderno, um horror de concreto à Le Corbusier, tenha vindo enfear um conjunto harmonioso de casas nada funcionais – graças a Deus! –, em que há muito 'espaço ocioso' para o isolamento e o sonho. Parece quase impossível que esse quadro de paz se tenha manchado de sangue na noite em que o terrível conquistador Juan de Carvajal foi aprisionado na alcova de dª Catalina de Miranda, como castigo pelo assassinato dos tudescos Philipp von Hutten e Bartholomäus Welser. As ruas continuam pavimentadas com seixos redondos, como no início da colonização. Sempre caiados, os velhos casarões conservam seus pátios brancos, com avarandado interno e manjedoura para os burricos. De ambos os lados da igreja, estende-se um jardim de árvores tropicais tão denso e frondoso que os portões do templo parecem abrir-se para uma selva. Tudo é agradável, limpo, nesta povoação em tons de branco, anil e ocre. Os nomes das lojas – *La flor de mis esfuerzos, La fe en Dios, El sol de la mañana* – aparecem pintados em grandes letras de caligrafia romântica, com flores entrelaçadas às maiúsculas. Nas casas tecem-se mantas de lã de cores vivas, e sob o beiral de muitos telhados gira o torno do oleiro. E numa rua do povoado, perto de uma ermida solitária, um velho artesão fabrica móveis de madeira e peles estampadas a ferro em brasa, com uma técnica herdada — como ele mesmo diz com orgulho – dos "primeiros espanhóis que se estabeleceram na região". Das suas mãos nunca saem duas peças iguais, pois a decoração de cada uma responde a uma inspiração diferente. E, detalhe que descubro comovido, esse artesão feliz de seu trabalho *estampa sua assinatura em cada um de seus móveis*, levado pela dupla satisfação de ter trabalhado bem e de ter trazido ao mundo um pouco de beleza, num gesto que nunca será conhecido pelos operários-máquina, presos às 'linhas' do fordismo e do stakhanovismo, ignorantes de tudo o que pode significar, no trabalho cotidiano, a aplicação de um estilo, a afirmação de uma personalidade, a graça de um improviso.

Agora entramos na senhorial cidade de Nuestra Señora de la Concepción de El Tocuyo, fundada há mais de quatro séculos. Aqui notamos as mesmas constantes arquitetônicas que pudemos apreciar em Quibor. Defronte à belíssima fachada da catedral, sou levado a observar como essa imensa Venezuela é pouco conhecida do ponto de vista turístico, apesar de seus encantos se imporem ao viajante de um jeito tão próprio e inconfundível. Porque, ainda do ponto de vista meramente arquitetônico, há muito a estudar, muito a admirar em qualquer um dos povoados que atravessamos nesta estrada que nos leva aos Andes. Sem a suntuosidade do barroco quitenho nem a policromática riqueza de certos templos mexicanos – como o maravilhoso santuário de San Francisco de Ecatépec, perto de Cholula –, a arquitetura religiosa venezuelana caracteriza-se por uma voluntária sobriedade de linhas, um majestoso senso de proporção, em função de uma construção maciça, feita para oferecer grandes planos, com grossas molduras, nichos profundos, ao jogo de luz e sombra. Quanto à arquitetura civil, a casa colonial venezuelana distingue-se da cubana por uma maior fidelidade aos padrões hispânicos. Em Quibor, em El Tocuyo, muitas vezes tive a impressão de entrar no pátio da Posada de la Sangre, em Toledo, esperando aparecer, por trás dos burricos carregadores de vinagre da cantiga, as figuras picarescas e cervantinas de Chiquiznaque e Maniferro, com a pobrezinha Juliana la Cariharta.

A ANTE-SALA DOS ANDES

Rodeada de povoados encantadores – San Jacinto, com sua igreja rústica e seus confessionários do século XVII; Plazuela, tão parecida a Castellón de la Plana –, a cidade de Trujillo nos espera no alto de seus penhascos, com sua estirpe de quatro séculos, suas lembranças de Diego García de Paredes e de Sancho Briceño, o colonizador de cabelo na venta, que multiplicou sua riqueza neste lugar, desafiando a cólera dos ferozes índios da montanha. A vegetação luxuriante, a água que corre por toda parte, o ar leve e revigorante lembram-nos que estamos pisando os primeiros contrafortes andinos. Sob nuvens que esvaecem os picos mais próximos, as íngremes ruas de Trujillo desembocam em terraços naturais, mirantes e trilhas, estendidos sobre panoramas que se colorem de mil maneiras, conforme os disfarces da cambiante luz das alturas. Sustentada por velhas herdades do entorno, cidade onde muitos ainda ostentam com orgulho o sobrenome dos primeiros povoadores, Trujillo foi palco de um dos mais dramáticos acontecimentos da História da América: em uma de suas casas – onde hoje se encontram os salões do Ateneu –, Simón Bolívar assinou, depois de uma noite de febris lucubrações, sua declaração de guerra até a morte, prelúdio dos terríveis anos de 1813-14. Transformada em biblioteca pública, a sala em que o documento foi redigido ainda conserva, apesar de sua luminosidade, apesar das amáveis lombadas dos livros, algo da presença do passado que com inquietante encanto se mantém em certos lugares históricos, marcados pela tragédia ou pela lembrança de um gesto transcendente: a casa defronte à qual Morelos foi fuzilado, por exemplo, ou o despojado obelisco que assinala, no campo de batalha de Carabobo, o lugar em que tombou Sedeño, bravo entre os bravos.

De Trujillo até a cidade de Valera, que se mostrará no alto de uma meseta, rodeada de suas sete colinas, uma tropicalíssima vegetação se estreita ao nosso redor, como para melhor preparar o grande contraste que nos espera. À nossa esquerda abre-se agora um profundo desfiladeiro, no fundo do qual corre o rio Motatán, que haverá de levar ao tórrido lago de Maracaibo umas águas que, nesta ante-sala dos Andes, ainda conservam sua mitigada frieza de neve derretida. A paisagem, com seus ciprestes, com suas árvores mais dispersas, agora se parece surpreendentemente com as da entrada da Espanha pela vertente atlântica dos Pireneus. Mas isso não passa de uma impressão fugaz, porque estamos começando a subir muito seriamente – a subir rumo aos páramos situados acima das mais altas aldeias montanhesas da Europa, onde vivem homens que, segundo a hipótese do conde de Keyserling, só podem ter ido trabalhar e procriar em semelhantes altitudes fugindo de algum cataclismo que bem poderia ter sido o Dilúvio Universal, citado em todas as mitologias, quer se trate da religião dos egípcios ou dos chineses, dos índios do Orenoco ou dos habitantes das ilhas Tonga.

O PÁRAMO DE MUCUCHÍES

Depois de um descanso na Mesa de Esnujaque, a 1.800 metros de altitude, onde encontramos um povoado encantador, delimitado por precipícios e profundas quebradas, surpreendentemente parecido com El Toboso, reiniciamos a subida por Timotes. Rodeada de eucaliptos, ciprestes e pinheiros, essa povoação deve justa fama a suas mantas e ponchos curtos de pura lã, vendidos por quilo, e por seus bailarinos que executam uma dança muito antiga, que consiste em trançar e destrançar fitas em torno de um mastro, todos coroados de ouro, prata e flores, como os Reis Magos de uma Natividade provençal. À medida que vamos subindo em direção aos cumes, a montanha nos oferece novas flores. Quase se poderia dizer que um olho bem treinado poderia determinar as mudanças de altitude, melhor do que com um altímetro, apenas observando a cor das flores. A 2.500 metros, as ladeiras das montanhas se enchem de flores azuis, de um azul terno, leve, de céu de alvorada. Depois são os amores-perfeitos, como que feitos de um veludo espesso, abrindo seus olhos amarelos no fundo violáceo, à beira dos precipícios. E assim chegamos a Chachopo, o casario mais alto desta vertente, todo envolto em uma fragrância de plantas e ervas montanhesas. Chachopo é famoso, além disso, por um rudimentar comércio de ervas medicinais, sobre cuja banca lemos os seguintes nomes:

Yerba de oso,
Vinagrillo
Mejorana
Membrillo de páramo,
Barbasco,
Salvia
Grama paramera...

Já estamos muito acima das nuvens que estacionam lá embaixo, no fundo do gigantesco desfiladeiro por onde viemos subindo até agora, com a vertigem prestes a pressionar nossas têmporas a cada curva do caminho, que segue bordejando abismos assustadores. Os homens, as crianças que encontramos, todos envoltos em pensamentos, são montanheses fornidos, de dentes brancos, de olhos profundos, habituados a lutar contra o frio e as tempestades e a trabalhar a terra sob a borrasca, construindo cercas de pedra para desviar as neves derretidas dos picos, e eiras de pedra para malhar o trigo. Mas sua segurança de homens saudáveis, que não conhecem as pragas dos trópicos, o riso franco de seus filhos, que falam um castelhano cantado, com dicção perfeita, pronunciando todas as letras de cada palavra, contrastam com a solene e grandiosa desolação da paisagem. Agora, em um solo de cascalho arrastado das alturas, crescem somente duas plantas: uma espécie de cactácea com flores cor de açafrão e o típico *frailejón* dos Andes, cacto que parece feito de um feltro cinza esverdeado. Por toda parte correm pequenas torrentes de água gelada, contribuindo com sua umidade para enegrecer uma terra já sombria em seus ocres, em suas veias piçarrosas, em seus escombros de montanhas. A entrada no Páramo de Mucuchíes nos oferece um espetáculo de tamanha grandeza, de uma força dramática tão extraordinária que estacamos, impressionados, com a vaga sensação de terror, de medo cósmico que às vezes se tem diante dos grandes mistérios da natureza, diante de suas criações que excedem qualquer medida humana.

Estamos a mais de 4 mil metros de altitude. A passagem para a outra vertente é feita através de uma garganta varrida por nuvens furiosas, que desembocam dentre dois picos de encostas verticais, opondo ao vento gelado seus gumes erguidos como proas de navios contra uma quase perene tempestade. Esses dois picos, canalizadores de brumas, de neves, de tormentas, erguem sobre o páramo enormes perfis negros com esse desenho de tenda sustentada por dois mastros – com um quê de faca encurvada, de telhado e de esporão –, característico de muitas formações rochosas dos Andes. Aqui a vegetação desapareceu quase por completo, restando apenas o *frailejón* agarrado a seus penhascos como um líquen de flora pré-histórica. Tudo é duro, tudo é hostil, tudo é sombrio, tudo é trágico nestas desoladas altitudes, que, no entanto, exercem um estranho e irresistível fascínio sobre o espírito. À beira de um mar de nuvens com quatro mil metros de profundidade, na borda de um terraço rochoso que afunda na bruma, como se levasse a um mundo misterioso e velado, há momentos em que dá vontade de fugir, de voltar o quanto antes para a casa dos homens; mas há momentos, também, em que a vontade é de deitar sobre a terra fria, nunca abandonar uma paisagem reduzida a suas mais simples e poderosas expressões telúricas, geradora de perfis e belezas que foram as primeiras coisas que o ser humano conheceu. Há dois dias, o lugar onde agora nos encontramos estava coberto de neve. Lá atrás das nuvens que o cobrem, ergue-se a eterna geleira do Pico Bolívar. Há pouco, vários excursionistas, apanhados sorrateiramente pelo 'mal dos páramos', dormiram para nunca mais acordar, levados pela morte mais suave que o homem pode ter, já que o mergulha, sem que ele perceba, em um sono das alturas. O Páramo de Mucuchíes é um dos tetos da América. Mas é também – é fama! – um dos passos mais dramáticos, mais avassaladores, mais imponentes de toda a Cordilheira dos Andes.

Há emoções que recompensam anos de luta, de rotina, de monótonas limpezas pelo modo de viver alheio. Quando voltei à Mesa de Esnujaque, depois de ascender à alta montanha, tive a sensação de que muito se pode perdoar ao destino quando ele é capaz de nos oferecer compensações como essa visão que acabo de ter do mundo lunar do Páramo de Mucuchíes.

TERRA FIRME

SAUDADES IMPOSSÍVEIS[1]

"Ah, 1900!", suspiravam nossos pais, recordando a Exposição Universal de Paris, os bandós de Cléo de Mérode, o chapeuzinho camponês da Bella Otero, os cossacos do czar Alexandre e os coches reluzentes – já ameaçados pelos primeiros Panhard-Levasseur – desfilando em frente ao restaurante Maxim, onde uma orquestra de ciganos tocava a valsa *Quando morre o amor*.

"Ah, 1920", já suspiram muitos de nossos contemporâneos, em Paris, em Nova York, evocando os dias do tratado de Versalhes, os filmes de Lilian Gish e Theda Bara, a melodia de *Hindustan*, o *Serranillo* de Consuelo Mayendía e a gesta de Gabriele D'Annunzio em Fiume.

Mil novecentos e vinte é um ano que está na moda, graças à nostalgia daqueles que, no fim da primeira guerra européia, viram inaugurar-se uma era de paz eterna. Certas revistas agora dedicam números especiais à rememoração dos hábitos, modas, espetáculos daqueles tempos passados. Scott Fitzgerald volta

---

1. Publicado em *El Nacional de Caracas*, 20 set. 1951. Letra y Solfa. (N. da Ed. Bras.)

a ter milhares de leitores, mas só porque seus romances, independentemente de seus méritos, evocam com vigor o mundo do primeiro pós-guerra, com sua Côte d'Azur invadida pelos russos brancos, e Montparnasse pelos norte-americanos. Unamuno no exílio e os *speak-easy* da Proibição. Desta vez, Paris e Nova York deixam de lado suas diferenças para proclamar que os anos transcorridos entre 1920 e 1929 foram os de uma 'época feliz'.

Esse saudosismo que está rendendo bons frutos na Europa e nos Estados Unidos, porquanto serve de pretexto para balanços e revisões úteis, mostra de maneira eloqüente quão diferentes são as leis que regem o ritmo histórico e econômico da América Latina e quanta ingenuidade há em tentar adaptá-lo a um andamento alheio, que, quando muito, pode ter imposto uma moda de saias curtas e cintura marcada, mas de modo algum nos fez partícipes de alegrias, prosperidades e euforias hoje lembradas com saudade por homens de outras latitudes. Algum *don* Secundino* ressuscitado pode até ter freqüentado as festas de Randolph Hearst e Marion Davies, ou ter aplaudido Harry Pilcer no cassino de Paris, quando lançava o jazz como a grande novidade do dia; alguns turistas podem ter esbarrado com o presidente Wilson e com Briand na Europa daquela época. Mas nosso 1920 foi muito diferente – na verdade, bem pouco propício para ser contemplado, em 1951, como uma 'época feliz'.

Em 1920, quase todas as nações de nosso continente foram afetadas por uma gravíssima crise econômica, causada pelo repentino fechamento dos mercados abertos pela guerra. A Venezuela, que não estava a salvo dessa crise, acabara de sofrer o terrível flagelo da 'gripe espanhola' – mal que açoitou a todos nós com fúria de peste medieval. Em quase toda parte viviam-se dias de penúria e de tragédia política. Em Cuba, finda a famosa

---

* Alusão a Secundino Becerro, personagem-título do romance costumbrista *Don Secundino en París* (1895), do venezuelano Francisco Tosta García (1852-1821). (N. de T.)

'dança dos milhões', motivada pela alta na cotação do açúcar, estava em curso o *crack* financeiro mais terrível da história contemporânea, com falências, pânico e suicídios. O México ainda vivia os dias mais dramáticos de sua revolução. Nações que hoje constam entre as mais prósperas do continente sofriam dolorosas crises de adolescência. O panorama do Novo Mundo era em muitos aspectos angustiante...

    Decididamente, não!... O saudosismo dos anos 1920 não foi feito para nós.

MONTE ALBÁN[1]

Tínhamos deixado Oaxaca sob a névoa de uma manhã particularmente fria (no México registravam-se temperaturas noturnas de até 7 graus negativos) e, dominando a evanescência do vale, desembocamos na grande praça de monte Albán... Eu já tinha ouvido muitos comentários de arqueólogos e viajantes entusiasmados com esse 'alto lugar' da história americana, colocando-o acima de outros sítios arqueológicos talvez mais famosos. Quanto a mim, devo dizer que tantos elogios de repente me pareceram pálidos e inexpressivos: monte Albán é a Micenas da América, uma Micenas mais vasta, com vestígios maiores e, sobretudo, com uma história mais extensa. Pouquíssimas ruínas no Mediterrâneo são comparáveis a estas em grandeza, em proporções. São templos ciclópeos, numerosos santuários, sepulturas, residências de sacerdotes, um estádio de *pelota*, um relógio de sol, um observatório semelhante a um navio, com mirantes

---

1. Publicado em *El Nacional de Caracas*, 15 fev. 1958. Letra y Solfa. (N. da Ed. Bras.)

que permitiam observar o movimento dos astros com uma precisão que surpreende os cientistas de hoje... Vasta cidade sagrada, a de monte Albán narra a história de uma evolução artística e cultural, material e teológica, plástica e institucional que se estende entre 700 anos antes de Cristo e as vésperas da conquista, com um autêntico período clássico situado por volta do ano 500, quando a Europa vivia séculos obscuros e turbulentos, numa vacilante busca de estilos arquitetônicos ainda não cristalizados em suas edificações.

Do ciclópeo peristilo do grande templo norte, contemplávamos as ruínas de um templo muito menor, situado à direita, cujas escadas e fustes de colunas mostravam uma delicadeza helênica em suas proporções. De repente, um grupo de visitantes surgiu numa esquina desse templo, destacando suas silhuetas contra o infinito – já incandescido pelo sol meridiano – das montanhas circundantes. Naquele momento, estabeleceu-se uma maravilhosa harmonia entre a estatura humana e as dimensões de tudo o que constituía o pequeno templo. Percebemos então que suas esplanadas, suas escadas, suas colunas, sua *loggia* central tinham sido medidas em função do homem, obedecendo a um cálculo que levara os arquitetos zapotecas a encontrar uma relação proporcional entre o edificador e o edificado, semelhante àquela que Le Corbusier estabeleceu em nossos dias com seu *modulor*.

Além disso, há a relação do edificado com o circundante. A casa dos dançadores, com seus grifos misteriosos, as plataformas, as pirâmides, os templos, as sepulturas, tudo inscrito na paisagem montanhosa como extensão e complemento, como se imperceptivelmente fosse passando do edificado para o criado, em um processo de portentosa recorrência. Recorrência que talvez existisse no pensamento teológico, filosófico, daqueles edificadores capazes de situar, à entrada da chamada Tumba 104, o mais belo símbolo que se pode colocar à entrada de uma sepultura: o deus da chuva montado nos ombros do deus do milho, gotejando seus dedos sobre ele. A chuva molhará a terra, e desta brotarão novos rebentos, anunciadores da espiga, ciclo da eterna fecundidade, roda eterna de que o fenecido se faz semente para outras epifanias...

Era o dia 2 de janeiro de 1951. Às duas da tarde, de volta a Oaxaca, atravessamos um mercado cujos alto-falantes, de repente, inundaram a praça com a notícia dos fatos ocorridos em Caracas no dia anterior. Do ano 700 antes de Cristo caímos, de súbito, na mais palpitante atualidade... Atualidade que, na distante cidade do istmo de Tehuantepec, apaixonava as pessoas que disputavam os primeiros jornais vindos da capital, de avião. Em toda parte os corações pulsavam em simpatia e fraternidade com os do povo venezuelano.

O GRANDE LIVRO DA SELVA[1]

Até há pouco tempo, o nome de Alain Gheerbrant me era totalmente desconhecido. Nada sei, portanto, de sua competência arqueológica, de seu rigor científico, e também ignoro se uma viagem realizada por ele entre 1948 e 1950, ao longo da serra de Parima, na bacia do Alto Orenoco, ao longo do Guaviare, tem relevância como trabalho de exploração. O fato é que os jornais franceses andam muito ricos em fotografias de índios iecuanas, aparentemente autênticos, que ilustrarão um livro de Gheerbrant já anunciado pela Editora Gallimard. Mas se hoje cito o nome do viajante francês nesta coluna é porque ele acaba de publicar, em um grande semanário literário parisiense, um artigo tão interessante que não resisto à tentação de traduzir alguns de seus parágrafos. Trata-se do relato da descoberta de uns petróglifos evidentemente relacionados com aqueles que se encontram a cada passo no Alto Orenoco, mas que, pela sua quantidade e impor-

---

1. Publicado em *El Nacional de Caracas*, 14 maio 1952. Letra y Solfa. (N. da Ed. Bras.)

tância, parecem superar as amostras até hoje conhecidas dessas misteriosas figurações zoológicas e astrais que tanto interesse mereceram de Humboldt. O achado de Gheerbrant localiza-se na região do Guaviare, a cerca de dez horas de caminhada de um pequeno rio chamado Guayabero. O viajante comenta que, num casario chamado San José, ele já tivera notícias da existência de uma vasta superfície coberta de pinturas e entalhes situada em um monte distante, mas nenhum de seus informantes tinha estado no local. E aqui está o que Gheerbrant nos diz de seu assombro ao se encontrar, de repente, diante de um vasto livro perdido na selva:

> Permanecemos mudos durante uma hora. Olhávamos aqueles desenhos, alguns de um vermelho tão vivo que pareciam pintados no dia anterior, enquanto outros, quase apagados, não passavam de sombras rosadas sobre a pedra. Quem? Como? As perguntas se enredavam em nossa mente. Certos desenhos estavam traçados à altura do homem, enquanto outros, que chegavam a medir 2 ou 3 metros de largura por outros tantos de altura, estavam como que suspensos no espaço, 25 metros acima de nós, sobre aquela parede lisa, vertical, que nenhum alpinista conseguiria escalar.
> Acampamos ao pé do penhasco e passamos 24 horas discutindo, comparando mentalmente nossa descoberta com os desenhos pré-históricos de Altamira e de Lascaux, com as inscrições rupestres de Hoggar, com os petróglifos que havíamos visto no rio Negro, no igarapé Casiquiare e no Orenoco... Evidentemente, ela guardava algum parentesco com estes últimos. Contudo, hora após hora se fortalecia em nós a convicção de que estávamos diante de um fato novo, absolutamente original, na história das artes primitivas.

Algumas formas que pareciam mais recentes eram puramente abstratas e geométricas, parecendo pertencer a uma época transitória entre o desenho mais estilizado e os primórdios – talvez – de uma escrita. Mas a maioria das demais formas, sobre as quais estas últimas se inscreviam, combinavam figuras de animais e de homens, interpretados mais ou menos livremente... Desde o primeiro momento, nossa atenção foi atraída por dois grandes animais no centro de uma grande área de rocha branca. Nosso guia índio, que reconhecera imediatamente as formas de tartarugas, jacarés e caititus, correndo um pouco mais ao longe, sobre um friso, permanecia mudo diante desse desenho, sem saber o nome dos animais representados, que evidentemente não guardavam nenhum parentesco com a fauna equatorial americana. Levantamos a hipótese de que se tratava de lhamas, pela forma característica da cabeça, da cauda e das patas. Sabíamos, porém, que jamais haviam existido lhamas naquela região. Então?... Teria havido, em tempos remotos, alguma comunicação entre os chibchas da Colômbia ou os índios desta região com o altiplano do Peru?

OS HOMENS CHAMADOS SELVAGENS[1]

O Orenoco está na moda. Basta abrir um jornal em Paris, que deparamos com o sorriso de um iecuana ou com uma maloca de índios piaroas. O ex-rei da Bélgica está navegando pelo Sipapo ou pelo Autana na companhia do professor Cruxent. Há seis meses, a descoberta das nascentes do Rio-Pai coroou uma das grandes proezas geográficas da história – tão importante para o conhecimento do planeta quanto a localização das nascentes do Nilo. O nome do grande explorador alemão Theodor Koch-Grunberg é citado com freqüência em artigos consagrados à mais fascinante região de nossa América. Até o bom frade José Gumilla foi incluído na ordem do dia com uma ou outra reprodução dos primorosos desenhos que ilustram seu livro fundamental.

Neste momento tão oportuno acabam de ser publicados, em Paris, dois livros do explorador Alain Gheerbrant. O primeiro é

---

1. Publicado em *El Nacional de Caracas,* 24 maio 1952. Letra y Solfa. (N. da Ed. Bras.)

dedicado à crônica de suas viagens pela bacia do Orenoco, a serra de Parima e o Alto Amazonas. O segundo reúne, sob o título *Des hommes qu'on appelle sauvages*, as fotografias tiradas durante essa expedição, e inclui duas panorâmicas do famoso penhasco do rio Guayabero, onde o autor descobriu – orientado pelos moradores de um lugarejo chamado San José – um dos mais extraordinários conjuntos de pinturas e petróglifos que a selva já ofereceu à nossa curiosidade.

Embora seja recomendável tomar com extrema cautela os relatos de certos viajantes europeus que, ousados e perseverantes em suas andanças, não se mostram muito científicos em suas observações, deve-se reconhecer que ao menos o álbum de fotografias (o outro livro ainda não chegou a Caracas) parece estabelecido com a máxima seriedade. O autor evitou o sensacionalismo fácil, atendo-se àquilo que tem real interesse: a beleza de paisagens desconhecidas e o modo de vida de homens que nos oferecem a imagem do que fomos, culturalmente falando, milhares de anos atrás. E, como sempre que nos aproximamos da existência do habitante da floresta amazônica, salta aos olhos a cultura superior do povo piaroa. Um povo que não apenas tem o senso do adorno, do objeto proporcionado, da joalheria, da tiara, da cestaria fina, da taxidermia mágica, mas também que já possui uma primeira modalidade de teatro, sob a forma de uma cerimônia ritual de grande aparato, fotografada por Gheerbrant em todos os seus detalhes. Cerimônia que consiste numa espécie de 'auto sacramental' primitivo, com a ação coreográfica de um 'demônio mascarado' rodeado de cinco personagens totalmente vestidos de fibras, com o rosto oculto, que se movem com gravidade, teoricamente como majestosos espíritos da floresta. Uma orquestra de grandes trompas de madeira e várias flautas acompanha esse drama-balé, enquanto dois músicos tiram um ronco sinistro daquele jarro com duas embocaduras que o padre Gumilla já descrevera em seu velho livro missioneiro.

Essas e muitas outras belas imagens contém o recentíssimo livro de Alain Gheerbrant, que contribuirá para manter a voga – valha o trocadilho – que o Orenoco desfruta nestes dias.

O FIM DO EXOTISMO AMERICANO[1]

'Exótico', diz qualquer dicionário, é "o estrangeiro, o peregrino": "animal exótico, planta exótica". 'Exótico' – não dizia qualquer dicionário há cinqüenta anos, porque os dicionários observam certa polidez para com os consulentes – era o latino-americano aos olhos do europeu. Para ser mais exato, do europeu situado acima desses Pireneus que, segundo uma frase tão célebre quanto cruel, marcava o início do continente de baixo – continente de somenos, que, diga-se de passagem, está despertando de forma espantosa depois de oito séculos de modorra, anunciando-se como uma presença que deverá ter grande peso num futuro próximo.

Para a Espanha, por razões que todos conhecemos, amamos e padecemos, nunca fomos exóticos, porque nenhum caminho percorrido pelo nosso próprio sangue pode ser exótico. Mas, para os homens à margem do magno acontecimento da Conquista, e que só avistaram nosso continente da borda de navios fli-

---
1. Publicado em *El Nacional de Caracas*, 2 set. 1952. Letra y Solfa. (N. da Ed. Bras.)

busteiros ou sob a aba do chapéu de Pauline Bonaparte, fomos durante muito tempo os grandes exóticos do planeta. O Segundo Império francês conheceu-nos na pessoa de Solano López, futuro ditador do Paraguai, que andava pelas ruas de Paris todo empenachado e escoltado por uma banda de música. Também havia um milionário brasileiro, celebrizado por uma opereta de Offenbach... O século XVII nos enxergava através da Festa Inca, que constitui uma das passagens capitais de *As índias galantes*, de Rameau. Voltaire tratou-nos com ironia; Montaigne, com benevolência e fé em nosso futuro; Goethe, com entusiasmo em face da visão do que tínhamos por fazer. No mais, porém, fomos em geral, e até há bem pouco, a 'planta exótica' dos dicionários. E o exótico é o que está fora: fora do que se tem por verdade na cultura de uma época, em sua vida civil, nos usos e costumes que determinam seu estilo.

Mas eis que, um belo dia, a Europa se maravilha com a revelação de *Redes*, o magistral filme que marcou o início do auge mundial do cinema mexicano. (O cinema de um país deve construir seu prestígio com filmes de qualidade; não com as produções ditas 'comerciais'.) Com *Redes* veio também a magnífica trilha sonora de Silvestre Revueltas. Seguiu-se o compasso de espera da guerra. Mas, terminado o conflito, vieram as palmas de Cannes para filmes latino-americanos. E os festivais de Heitor Villa-Lobos. E a tradução para o francês do *Canto geral*, de Neruda. E a premiação literária de *O senhor presidente*, de Miguel Ángel Asturias. E o sucesso de *Montserrat*, com sua ação situada na Venezuela. E uma dezena de romances latino-americanos traduzidos para línguas européias. E a descoberta das nascentes do Orenoco. E a prodigiosa exposição de arte mexicana em Paris.

O exótico, por definição, é aquilo que está fora. Tudo o que os gregos chamavam 'os bárbaros'. Gente do Ponto Euxino, lestrigões, hiperbóreos... Mas, em menos de dez anos, os bárbaros, os paramantes, os lotófagos apresentaram seus cartões de visita.

E esses cartões eram tão bons, com seus caracteres em bom relevo de celulóide, de música, de papel impresso, que hoje, na Alemanha, na França, há gente fazendo – pasmem! – falsa literatura latino-americana. Ou seja, romances que se passam no México, no Brasil, na Venezuela. E há mais: um curioso autor teve a inacreditável idéia de converter em romance a ação de... *Os sertões*, de Euclides da Cunha, um clássico da literatura brasileira. E outro imaginou uma ação girando em torno da construção de uma ponte sobre o rio Casiquiare...

Como diziam os índios de uma charge de um admirável humorista – índios que contemplavam com melancolia a chegada das caravelas de Colombo –: "Caramba! Já nos descobriram!..."

AFINAL CHEGARAM AS ÁGUAS...[1]

... E, como na Bíblia, os homens iniciaram sua marcha em busca de terras prósperas. E chegaram à selva, e subiram o rio durante muitos dias e muitas noites. Quando chegaram a uma região pródiga daquelas árvores tão procuradas, pararam e fundaram uma cidade. A primeira cidade da selva, que poderia se chamar Enoque, porque nela apareceu um primeiro ferreiro, semelhante a Tubalcaim, e alguém, que não se chamaria Jubal, fez ouvir o som de uma harpa pela primeira vez naquelas paragens.

Mas, se a maneira de fundar uma cidade foi semelhante à dos homens de Enoque, os edifícios que eles ergueram logo se diferenciaram dos descritos na Bíblia. Ainda assim, a cidade tinha muito de Babel, e nela se rendia certo culto ao Bezerro de Ouro, porque os negócios eram excelentes, e a borracha atingia preços nunca vistos... Assim, não longe das vitórias-régias que espraiavam sobre as águas a tocaia sonolenta de suas enormes

---

1. Publicado em *El Nacional de Caracas*, 21 maio 1953. Letra y Solfa. (N. da Ed. Bras.)

corolas, de repente surgiu um edifício insólito nessas latitudes: um Teatro de Ópera, de mármore rosado, onde soaram os instrumentos de uma primeira abertura. E em seu palco cantaram os artistas de uma companhia italiana vinda de Milão; e o público lançou às divas umas flores estranhas cujo nome desconheciam, e a dois passos da selva em sombras viu-se um desfile ostentoso de jóias e roupas de luxo que lembrava os fastos das grandes noites de ópera romântica, tal como os mais velhos recordavam ter visto no tempo já distante em que o imperador dispensara a máxima proteção ao compositor Carlos Gomes...

Depois foi a decadência da cidade, de seu comércio e seus negócios. Aquelas árvores que haviam atraído tanta gente davam uma seiva que agora era cotada a preços mais baixos. As companhias de ópera partiram para nunca mais voltar, e os fraques, roídos pelos fungos dos trópicos, foram relegados ao fundo dos baús. Surgiram então outros comércios, outras indústrias, que permitiram à cidade um crescimento mais harmonioso, contínuo e lógico. O nome de Manaus entrou para a mitologia da América. Tornou-se a autêntica Metrópole da Selva – cidade em que os homens, depois de notável luta, teriam conseguido conter os furores e excessos da selva... Mais uma vitória do homem contra a devoradora natureza do continente!...

Mais uma vitória? Vocês devem ter lido as notícias de ontem: "Esta capital foi inundada pela enchente arrasadora dos rios da região, que atingiram o nível mais alto já registrado. Vários contingentes de lanchas a motor foram mobilizados para matar cobras capazes de engolir pessoas e enormes lagartos arrastados pelas águas selvagens do Amazonas e do Rio Negro"...

Era Goethe quem dizia que o homem, em nosso século, viveria numa amável natureza para sempre domada?...

O IMPERADOR KAPAC-APU[1]

"Foi descoberta no Peru a tumba do imperador Kapac-Apu. [...] Governou há 4 mil ou 5 mil anos, muito antes da civilização inca. [...] O sarcófago guarda muita semelhança com os dos faraós do Egito." Isto é, em síntese, o que ontem se podia ler numa nota publicada em nosso jornal. Mais uma descoberta que faz recuar no tempo, de maneira vertiginosa, a antigüidade de certas civilizações do continente. Um achado que se soma à recente revelação de que o solo peruano de certa região litorânea está coberto de desenhos gigantescos – alguns com até sete quilômetros de comprimento –, cuja presença impõe um dos mais sérios problemas já propostos à arqueologia americana.

Em certos textos do início deste século, afirmava-se, com espantosa presunção, que o estudo das civilizações antigas do Novo Mundo havia atingido os limites máximos da pesquisa. Acho que foi um dos 'cientistas' de *don* Porfirio Díaz que declarou, na ocasião do Centenário da Independência, que já se sa-

---

1. Publicado em *El Nacional de Caracas*, 6 ago. 1953. Letra y Solfa. (N. da Ed. Bras.)

bia todo o possível sobre a história dos astecas e dos maias. Para além do impresso nos livros, era a *noman's land* arqueológica – o mistério das idades remotas, sem testemunhas nem cronistas. Ainda nos dias dos meus estudos secundários, todos os textos coincidiam em situar a origem das culturas americanas por volta do século II de nossa era; seu florescimento, entre os séculos XI e XIV. Depois disso, entraram em uma decadência que as entregou aos conquistadores quase sem resistência.

Desde então, conhecemos a maravilha de Machu Picchu. A floresta nos entregou os magníficos afrescos de Bonampak, e de seus cipoais emergiram gigantescas cabeças de pedra, de olhos fechados, novamente contempladas pelos homens depois de séculos. Uma pirâmide revelou o segredo de um rei adormecido em suas entranhas, e os imperadores do Peru agora vão surgindo de seus sepulcros, um a um, para nos dizerem sua verdade e rirem da prudência de nossas estimativas cronológicas... Em face de tais mudanças impostas às nossas noções, em face do descrédito de tantos textos, chegamos à conclusão de que mal começamos a saber alguma coisa acerca da história antiga da América. E, se nos poucos anos que nos temos dedicado ao estudo sistemático de nossa arqueologia, realizamos descobertas tão prodigiosas, quantas surpresas ainda não nos reservarão certas regiões mal exploradas de nossos mapas?...

Em face de achados como o anunciado ontem, acabamos entendendo que ainda é muito cedo para começar a estudar as antigas civilizações do Novo Mundo com o intuito de obter visões de conjunto.

NECESSIDADE DE UM INTERCÂMBIO CULTURAL ENTRE OS PAÍSES DA AMÉRICA LATINA[1]

A necessidade de um intercâmbio cultural entre os países da América Latina foi mil vezes proclamada pelos intelectuais de nosso continente. Pela mesma razão, seria de esperar que esse intercâmbio se intensificasse ano após ano, propiciando um maior entendimento entre os homens de nossos povos... Contudo, quando comparamos a situação presente com a que se podia contemplar há um quarto de século, parece, ao contrário, que esse intercâmbio, longe de alçar vôos mais altos, foi-se reduzindo com o passar do tempo. Claro que não nos referimos aqui às remessas de livros por seus autores, cada vez mais numerosas, por contarmos agora com um maior número de escritores. Tampouco estamos pensando no excelente trabalho desempenhado, com seus meios legítimos, pelos nossos órgãos de cultura. Tampouco ignoramos a grande realização positiva que foi o recente Festival de Música Latino-Americana de Caracas... Mas, enfocando o setor, tão necessário, das revistas inteligentes, veremos que elas são

---

1. Publicado em *El Nacional de Caracas*, 13 mar. 1955. Letra y Solfa. (N. da Ed. Bras.)

menos numerosas que no passado, ou, em todo caso, têm circulação mais restrita ao longo do continente.

Há 25 anos, a *Repertorio Americano* de García Monge desempenhava uma tarefa de informação ecumênica, com seus números regulares ansiosamente esperados em toda parte. A revista *Nosotros*, de Buenos Aires, corria do sul ao norte. Também em Buenos Aires publicava-se um periódico, calcado nos padrões de *Les Nouvelles Littéraires* de Paris e de *La Gaceta Literaria* de Madri, que cumpria uma função positiva. Os cubanos de minha geração tinham seus porta-vozes autorizados na luxuosa revista *Social* e em *La Revista de Avance*, da qual fomos um de seus fundadores. *Amauta*, a revista peruana, trazia-nos notícias do outro lado do continente, ao passo que o Chile marcava presença em várias publicações de qualidade. E, o que é mais importante, essas revistas circulavam independentemente das remessas individuais: eram encontradas nas livrarias, podiam ser adquiridas em toda parte. Muitos artigos ou ensaios originalmente publicados em Havana ou Caracas eram reproduzidos em outros países, chegando a aparecer, em diferentes versões, em cinco ou seis revistas da América Latina.

Alguém poderá lembrar que o México tem agora excelentes revistas literárias, mais importantes que as do passado, como é o caso da *Cuadernos Americanos*. Alguém poderá lembrar que em Havana publica-se a magnífica revista *Orígenes*, que a *Sur* de Buenos Aires segue firme aos 25 anos de existência; que as revistas venezuelanas são mais numerosas e melhores que as de outros tempos. Nada disso é posto em dúvida aqui. Mas é evidente que muitas dessas publicações têm limitada circulação no continente, atingindo um menor número de leitores. Podemos visitar muitas livrarias sem encontrar um único número da *Sur*. Quanto à *Orígenes*, o esforço de procurá-la seria em vão. Do Peru e do Chile, pouco sabemos. Somente o México conseguiu uma distribuição satisfatória de sua *Cuadernos Americanos*... O que não significa uma intensificação dos intercâmbios culturais entre as nações de nosso continente.

MISTÉRIO DE ARTE INDÍGENA[1]

O eminente etnólogo Claude Lévi-Strauss acaba de publicar um magnífico estudo sobre a civilização e a cultura material de certas tribos indígenas do Brasil... Em um dos capítulos de seu trabalho[*], dedica várias páginas às pinturas com que os índios mbaiás – povo florescente no passado, mas hoje em vias de extinção – enfeitam seus corpos. Essas pinturas são realizadas de forma análoga à que se pode observar nas tribos piaroas do Amazonas. Trata-se, segundo o autor, de "arabescos assimétricos, que alternam com motivos de sutil geometria". Mas o que intriga o etnólogo é uma questão muito mais apaixonante e misteriosa que sua feição atual.

"O primeiro a descrevê-lo" – relata – "foi o missionário jesuíta Sánchez Labrador, que viveu entre eles de 1760 a 1770; mas, para vermos as reproduções exatas, temos de esperar um século e Boggiani" – ou seja, até fins do século XIX. Em 1935, Lévi-Strauss

---

1. Publicado em *El Nacional de Caracas*, 20 dez. 1955. Letra y Solfa. (N. da Ed. Bras.)

* Os trechos aqui reproduzidos foram extraídos de Claude Lévi-Strauss, *Tristes trópicos* (trad. Rosa Freire d'Aguiar, São Paulo, Companhia das Letras, 1ª ed., 6ª reimpressão, 1996), pp. 173-174, 177.

visita uma aldeia mbaiá e vê as mulheres entregues à confecção desses mesmos desenhos: "Primeiro propus-me a fotografar os rostos, mas as exigências financeiras das beldades da tribo muito depressa esgotariam minhas posses. Em seguida, experimentei desenhar os rostos em folhas de papel, sugerindo às mulheres que os pintassem como o fariam em sua própria face; tamanho foi o sucesso que desisti de meus esboços canhestros". O fato é que as índias lidavam com o lápis e o papel – coisas desconhecidas para elas – com tanta segurança como se pintassem sobre rostos ou corpos humanos. Continua Lévi-Strauss: "Qual não foi minha surpresa ao receber, há dois anos, uma publicação ilustrada de uma coleção feita quinze anos depois por um colega brasileiro! Não só seus documentos pareciam de uma execução tão segura quanto os meus, como muitas vezes os motivos eram idênticos. Durante todo esse tempo, o estilo, a técnica e a inspiração tinham se mantido imutáveis, como fora o caso durante os quarenta anos decorridos entre a visita de Boggiani e a minha. Esse conservadorismo é mais notável na medida em que não se estende à cerâmica, a qual, de acordo com as últimas amostras recolhidas e publicadas, parece em total degenerescência"...

Diante da mão segura das informantes indígenas, diante da real beleza e sabedoria dos desenhos recolhidos, diante da permanência de seus motivos e da sempre renovada exatidão de seu traçado, Lévi-Strauss põe-se a meditar:

"Infelizmente, não me foi possível, nem a mim nem a meus sucessores, penetrar na teoria subjacente a essa estilística indígena: os informantes revelam alguns termos correspondendo aos motivos elementares, mas invocam a ignorância ou o esquecimento para tudo o que se refere às decorações mais complexas. Seja porque, de fato, agem com base num saber empírico transmitido de geração em geração, seja porque fazem questão de guardar segredo a respeito dos arcanos de sua arte"... Mas o fato é que essa forma de senso plástico é regida por toda uma estética a um só tempo primitiva e refinada. Uma estética cristalizada em um estágio de notória perfeição. Como foi que essa arte nasceu? Como foram criados seus cânones? Por que responde a um conceito mais geométrico do que figurativo? Por que as mulheres a dominam tão perfeitamente, sem vacilação, sem nunca errarem seu traçado? Mistério. O caso é que as mesmas perguntas poderiam ter sido formuladas por um homem que conhecesse apenas o Partenon como amostra da arquitetura grega. Porque os mbaiás não chegaram de um só tranco ao que constitui sua arte atual. Houve nascimento, evolução e fixação. Em suma: a trajetória de toda uma estética, semelhante à trajetória de qualquer outra estética conhecida.

O que demonstra que o pensamento coletivo de qualquer povo dos mal chamados 'primitivos' ou 'selvagens' se desenvolve conforme leis universais comuns a todos os homens.

PAUL RIVET E OS MAIAS[1]

Paul Rivet, o eminente americanista francês bem conhecido pelos estudiosos de nosso continente, acaba de entregar-nos o fruto de toda uma vida dedicada ao estudo da civilização e da cultura maias... E, muito embora seus famosos trabalhos sobre a origem do homem americano possam de fato tê-lo distraído em alguns momentos dessa imensa tarefa, a pesquisa em torno do império que teve seus centros na península de Iucatã e em Honduras sempre foi para ele uma atividade capital. Há mais de trinta anos se associou a Miguel Ángel Asturias para realizar uma tradução do *Popol-Vuh*, um texto fundamental da cultura maia-quiché, para depois prosseguir suas investigações no México, durante a última guerra, sobre o próprio terreno onde se erguiam as ruínas-chave. Agora, com publicação de uma história do Império Maia pela Editora Fondo de Cultura Económica, escrita pelo catedrático norte-americano Vaillant, temos acesso ao primeiro estudo exaustivo da questão, à luz das descobertas mais recentes

---

1. Publicado em *El Nacional de Caracas*, 4 abr. 1956. Letra y Solfa. (N. da Ed. Bras.)

da arqueologia mexicana e contando com a preciosa contribuição de 150 inscrições recentemente decifradas.

A cultura maia sempre implicou um mistério angustiante: o das causas da decadência do Antigo Império, iniciada no ano 830 de nossa era, que pareciam quase inexplicáveis (correndo parelhas, por enigmas paralelos, com o desaparecimento da civilização de Angkor-Vat, na Indochina). Alguns pesquisadores chegaram a aventar a hipótese de um terremoto, fato pouco provável; outros falaram em alterações climáticas, em guerras intestinas, em hostilidades promovidas por povos mais combativos e mais bem armados – tendo-se em conta que a civilização maia foi eminentemente pacífica e, portanto, muito vulnerável. Para Paul Rivet, a explicação é extremamente simples e nos põe diante de um problema de economia agrária observado recentemente em muitos países de nossa América, em especial na Venezuela. Para o eminente estudioso, a decadência do Antigo Império se deveu simplesmente ao sistema das queimadas e coivaras instaurado pela agricultura aborígine. Sistema que consiste – como bem sabemos – em "incendiar a vegetação no final da estação da seca e semear sobre as cinzas no início da estação das chuvas". Isso teria causado um progressivo empobrecimento das terras, incapazes, a partir de certa época, de garantir a subsistência de uma população mais numerosa, em certas cidades, que a de muitas capitais européias na mesma época.

O Novo Império, que viria a se desmembrar em uma série de Estados menores, depois da hegemonia da Liga de Mayapán, por volta do ano 1421, assistiu ao nascimento de novos centros religiosos e políticos que chegariam a ter, como foi o caso de Chichen-Itzá, mais de duzentos mil habitantes. Depois seria a conquista espanhola e a desintegração total de uma civilização – como diz Rivet – "diferente de todas as demais civilizações pré-colombianas, criação autônoma e excepcional do gênio humano". Mas, se a história desse povo é em si mesma apaixonante, também encontramos motivos de particular interesse nos quadros que o eminente americanista traça da vida cotidiana, das práticas religiosas, da organização militar, dos ritos e costumes de homens que foram capazes de criar uma arquitetura esplendorosa, uma estatuária que dominava todas as técnicas e uma pintura mural superior à realizada na Europa da mesma época – cujas amostras mais surpreendentes foram descobertas recentemente nas paredes do templo de Bonampak, oculto havia séculos no recanto mais intrincado de uma selva quase inexplorada.

O livro de Paul Rivet é uma valiosíssima contribuição para a história de uma cultura da qual se sabia muito pouco há menos de quarenta anos. Cultura excepcional, por ser autônoma e ignorar as correntes que foram criando, em camadas sucessivas ao longo dos séculos, a cultura dos homens da conquista.

O MÁGICO LUGAR DE TEOTIHUACÁN[1]

Usando um termo com nobilíssimas ressonâncias em sua língua, os franceses deram para chamar de *hauts lieux* – 'altos lugares' – aqueles locais que o homem sacralizou, oferendando à divindade as melhores obras de sua arquitetura e seu artesanato... Entre os 'altos lugares' do mundo, evocativos de religiões mortas, são provavelmente muito poucos os que conservam a majestade, a força, a monumentalidade do conjunto de pirâmides, templos, residências, salões e túmulos que pode ser admirado em San Juan Teotihuacán, perto da Cidade do México. O viajante volta vinte vezes ao mesmo sítio arqueológico – onde ainda há muito para descobrir –, e vinte vezes sente a mesma emoção perante os vestígios daquela cidade inteiramente consagrada ao culto de deuses implacáveis – já abandonada por seus sacerdotes quando da chegada dos conquistadores –, onde as formas adquirem uma inquietante mobilidade.

---

1. Publicado em *El Nacional de Caracas*, 25 maio 1957. Letra y Solfa. (N. da Ed. Bras.)

Digo 'formas' porque, independentemente das ornamentações, dos relevos que emolduram as enormes cabeças de Quetzalcóatl e Tláloc atrás da Pirâmide dos Sacrifícios, as edificações de San Juan Teotihuacán foram realizadas em função da geometria. Uma geometria que se revela desconcertante pela maneira como é utilizada. Os artesãos que lá trabalharam sabiam valer-se da geometria para criar as mais singulares ilusões de ótica, aplicando, em escala titânica, aquilo que os franceses – bons cunhadores de termos felizes – chamam *trompe l'œuil*, o que equivaleria a dizer 'engana-olhos'. As pirâmides do Sol e da Lua são belíssimas, evidentemente. Mas por que não se parecem às demais pirâmides que conhecemos? Por que provocam essa estranha impressão de avançarem contra nós, de crescerem à medida que nos aproximamos, em vez de repousarem na quietude de suas perspectivas cabais? Logo ficamos sabendo que seus edificadores, em vez de considerarem cada face da pirâmide como um triângulo inteiro, quebraram esse triângulo numa série de seções horizontais, cujas arestas não são exatamente convergentes. Se prolongarmos cada aresta em uma reta ascendente, esta não tocará o vértice da pirâmide, mas passará a certa distância dele, apontando para um vértice invisível situado muito acima. Daí um falseamento da perspectiva que faz as pirâmides de Teotihuacán parecerem muito mais maciças do que são na realidade, daí essa impressão de avançarem na direção do observador; de seus planos crescerem aos olhos de quem se aproxima delas.

Outro jogo de ilusões visuais é o que se estabelece no templo de Quetzalcóatl, vasto retângulo amuralhado onde doze túmulos se erguem nos eixos de outras tantas escadarias, mas separados delas pela largura de uma plataforma. À medida que avança em direção à Pirâmide dos Sacrifícios, o visitante tem a impressão de que os túmulos se deslocam, de que giram em torno dele, variando constantemente sua localização. Da entrada, tem-se a impressão de que os dois últimos túmulos não têm escadarias de acesso, pois estas parecem corresponder aos penúltimos. Avançando mais um pouco, essa insólita geometria vai-se ordenando por contra própria, recolocando-se nos eixos – mas criando, atrás de nós, outras falsas perspectivas... Há em tudo isso um conceito arquitetônico estranhamente diverso daquilo que, na mesma época, almejavam os artesãos europeus, cada vez mais empenhados em eliminar o mistério em suas edificações.

'Alto lugar' por excelência, é esta sagrada cidade de Teotihuacán, ignorada, abandonada e oculta durante tantos séculos, no mágico planalto mexicano!...

A ASSOMBROSA MITLA[1]

As ruínas de Mitla, situadas a cerca de 40 quilômetros de Oaxaca pela estrada internacional que leva a Tehuantepec, têm sido pouco favorecidas pela literatura arqueológica, quando comparadas com as de San Juan Teotihuacán, Palenque, Chichén-Itzá, e até com as de Bonampak, que já contam com uma profusa bibliografia. Maravilhado pela sua revelação, entretanto, procurei na Cidade do México alguma obra, estudo importante ou álbum de fotografias consagrado a esse surpreendente conjunto de construções que, por seu espírito, foge totalmente de certas normas culturais comuns. Vasculhei as melhores livrarias da capital sem achar o que queria. Resisto a aceitar que o livro solicitado não exista em parte alguma. Mas, por uma estranha coincidência, o volume não aparecia, o que, em todo o caso, prova que a demanda por ele é fraca. Por fim me indicaram uma obra do ilustre arqueólogo mexicano Alfonso Caso, mas, examinando o tex-

---

1. Publicado em *El Nacional de Caracas*, s. d. Letra y Solfa. (N. da Ed. Bras.)

to, constatei que tratava de coisas muito distantes daquilo que me interessava.

Recorrendo aos manuais turísticos, espantei-me ao observar em todos eles uma espécie de reserva, de timidez de julgamento no que tange ao estilo arquitetônico-plástico magnificamente afirmado em Mitla. Uma relação de 1580, citada em uma breve monografia oficial, aponta a existência, nos muros dos templos, de "lavores estranhos, ao modo romano" (?). Já o moderno autor da monografia afirma que tais decorações são "mais preciosistas que arquiteturais, um tanto monótonas, mas tecnicamente perfeitas...". Quanto a mim, tenho essas decorações, justamente, por representativas de um fenômeno plástico absolutamente único no mundo, excluindo certa ornamentação própria do mundo islâmico, ditada pela proibição original de representar figuras humanas.

O edifício conhecido como Templo das Colunas, em Mitla, é simplesmente uma construção abstrata, totalmente abstrata em sua estética, onde a concepção de tudo se ajusta a uma sorte de Número Pitagórico. Invoco o Número Pitagórico, é claro, como um elemento de comparação e referência perceptível para nosso entendimento. Mas resta saber mediante que processo de cálculo, de evolução técnica, de profundo refinamento no domínio das texturas e das formas os mixteques chegaram a esse Templo-sem-Ídolos, a esse Templo-sem-Imagem, expressão máxima de uma longa cultura... Porque o lugar religioso de Mitla existia quando foram edificadas as pirâmides do grupo de monte Albán I – ou seja, uns 700 anos antes de Cristo. Houve constantes intercâmbios culturais entre os zapotecas e mixteques, talvez com predomínio dos primeiros. Como podemos ver no Museu Arqueológico de Oaxaca, os zapotecas começaram tendo uma arte rústica e pouco elaborada no que se refere à representação das formas. Mas aos poucos seu senso plástico foi-se refinando, desembocando em um autêntico barroquismo na era que corresponde ao seu período clássico. Enquanto isso, Mitla se desenvolvia lentamente, contemplando a evolução zapoteca: tão lentamente que, quando da chegada dos conquistadores espanhóis, alguns de seus templos ainda estavam abertos aos ritos da velha religião.

Mas nesses templos se plasmara uma reação contra o barroquismo zapoteca, chegando-se à suprema serenidade da ornamentação geométrica; às salas sem ídolos, sem deuses de barro nem pedra; à beleza integral das texturas... Porque algo extremamente importante salta aos olhos de quem observa a fachada principal do Templo das Colunas. E é que suas ornamentações geométricas não obedecem à menor simetria quanto à disposição de motivos que, à falta de um termo mais adequado, o guia turístico qualifica de 'gregas'. Uma prodigiosa organização de formas propõe-nos um tema (autêntico tema musical) que ocupa todo o dintel central. E esse tema é desenvolvido – essa é a palavra – em dezoito tabuleiros onde o motivo plástico inicial é levado às suas mais extremas implicações... Eis o prodígio de Mitla, que propõe um problema único na história da arte universal: o de uma reação do abstrato contra o barroco.

UMA CONTRIBUIÇÃO AMERICANA[1]

Quando os primeiros aeronautas se elevaram no espaço a bordo das enfeitadas barquinhas do Balão de Montgolfier, eles não ignoravam os perigos imediatos que a ascensão acarretava. Mas havia um – o mais constante – que lhes escapava por completo: o dos transtornos causados no organismo humano pelo rápido traslado a grandes altitudes. De fato, até o século XVI, os homens ignoraram as montanhas. Os antigos situavam seus Olimpos nos picos nevados, mas nunca alguém teve a curiosidade de visitar esses Olimpos – e teria valido a pena fazê-lo! — para saber o que acontecia neles. As montanhas eram admiradas de baixo. Não me recordo de nenhum texto clássico que narre as peripécias de uma viagem às altas montanhas. De resto, corriam lendas e fábulas que contribuíam para desencorajar de antemão qualquer eventual alpinista: dizia-se que no alto das serras moravam gênios maléficos; que certos eflúvios minerais e vegetais eram le-

---

1. Publicado em *El Nacional de Caracas*, 12 jun. 1958. Letra y Solfa. (N. da Ed. Bras.)

tais, ou que uma maldição, uma fatalidade, feria de morte quem ousasse subir aos cumes.

Eu jamais pensaria na importância científica da Conquista da América para o conhecimento das montanhas e a observação dos fenômenos fisiológicos causados pela altitude. Quando se fala das diversas contribuições de nosso continente à cultura universal, esquece-se completamente esse capítulo que agora, em um artigo documentado, acaba de ser escrito por um especialista: o sábio francês dr. Paul Chauchard. Ele informa: "Foi um viajante do Renascimento, o reverendo padre Acosta, que pela primeira vez descreveu um 'mal das montanhas', depois de padecê-lo nos altiplanos andinos. [...] Foram, portanto, as exigências da Conquista dos impérios da América que se situaram na base de nossos conhecimentos a esse respeito". Sabemos que muitos companheiros de Pizarro foram vítimas do 'soroche'. E é fato certo que, antes da Conquista do Peru, o homem da Europa nunca tivera a oportunidade de se aventurar a semelhantes altitudes.

Em 1648, Périer, aconselhado por Blaise Pascal, cuja prodigiosa inteligência se interessava por tudo, sobe a uma montanha da Auvérnia e observa, pela primeira vez, que a coluna barométrica se altera com o aumento da altitude. Mas os estudos permanecem estacionários até que La Condamine, Bouger e Godin, encarregados de medir o meridiano terrestre, realizam novas observações nos Andes. Daí em diante, a América será um constante terreno de experimentação. Depois das valiosas comprovações de Humboldt, a área de pesquisa situa-se no México, onde um médico francês, Jourdanet, estuda o clima das montanhas de modo tão sistemático e minucioso que suas conclusões, ainda hoje perfeitamente válidas, preenchem uma série de memórias publicadas durante catorze anos (de 1861 a 1875). Mas isso não era tudo: a insensata expedição militar francesa ao México, em apoio do efêmero imperador Maximiliano, permite realizar observações em massa sobre a resistência ou a vulnerabilidade do organismo humano não habituado às condições climáticas do altiplano.

Disso se conclui que uma série de noções que viriam a ser indispensáveis para que o homem do futuro se lançasse definitivamente à conquista do espaço começaram a ser adquiridas graças à portentosa empresa dos Pizarro e dos Almagro... Uma contribuição de nosso continente para o melhor conhecimento do ser humano que nos é mostrada, em detalhe, pelo documentado artigo do doutor Paul Chauchard.

O PARQUE DE LA VENTA[1]

Em seu último número, a revista *L'Œuil* dedica um importante artigo, ilustrado com belas fotos, ao parque de La Venta, criado em Villahermosa pelo poeta Carlos Pellicer, onde agora se podem admirar as grandes esculturas olmecas cuja descoberta, realizada em 1943 pelo arqueólogo norte-americano Stirling, teve repercussão mundial. De fato, até aquele momento não se suspeitava da existência dessas gigantescas cabeças de pedra, enterradas nas turfeiras de Coatzacoalcos, que constituíam uma extraordinária novidade dentro do conjunto da arte mexicana. Sempre desprovidas de corpo, as enormes esculturas, quase esféricas, afloravam do chão depois de séculos para mostrar sua face aos homens de hoje. Primeiro se disse que a civilização olmeca datava dos primeiros anos de nossa era. Mas, ao serem submetidos ao veredicto do carbono 14, alguns dos vestígios que hoje podem ser admirados no parque de La Venta revelaram uma antigüida-

---

1. Publicado em *El Nacional de Caracas*, 5 out. 1958. Letra y Solfa. (N. da Ed. Bras.)

de muito maior, situando seus artesãos no primeiro milênio antes de Cristo.

"A cultura olmeca" – disse Alfonso Caso, com sua imensa autoridade na matéria – "é mãe de todas as culturas que depois se desenvolveram no México". E Paul Westheim, discípulo do grande Worringer: "La Venta cria as normas e as tendências que determinarão a atitude estética do homem pré-colombiano, caracterizada pela aversão ao puramente descritivo"... Hoje, Carlos Pellicer colocou as cabeças ciclópeas, as maiores esculturas e estátuas já encontradas, em um jardim acolhedor, cheio de exuberante vegetação tropical, que constitui um dos mais belos museus ao ar livre que se podem visitar na América.

Como explicar esse culto aos gigantes entre os olmecas, precursores de artes futuras? Cita-se a respeito um curioso fragmento da *Historia de los Chichimecas*, escrita, pouco depois da conquista do México, por um dos descendentes dos reis de Texcoco, convertido ao catolicismo:

> As crônicas mais respeitáveis do tempo da idolatria falam em uma Primeira Idade, iniciada com a criação. Foi a Idade do Sol e das Águas. Essa Primeira Idade terminou com um dilúvio universal que causou a morte de todos os homens e todas as criaturas. A Segunda Idade, a do Sol e da Terra, terminou com um terrível terremoto. O chão se abriu; as montanhas afundaram ou desabaram, matando quase todos os homens. Essa Segunda Idade foi um reinado de gigantes, e a ela se seguiu a Terceira Idade, a do Sol e do Ar, terminando esta com um vento pavoroso que derrubou as árvores, as edificações e até os rochedos. Nesse terceiro período já viviam os olmecas. Como se vê em suas histórias, eram homens vindos do Oriente, em navios e canoas, que se instalaram às margens do rio Atoyac. Lá encontraram alguns dos gigantes da Segunda Idade, que haviam

escapado da destruição dos seres vivos. Estes, orgulhosos de sua força, submeteram os recém-chegados a uma servidão atroz. Para se livrarem deles, os homens os convidaram a um grande banquete, os embriagaram e os assassinaram com suas próprias armas...

Outra vez o dilúvio universal! Outra vez o reinado dos gigantes! Dois elementos míticos que se encontram em todas as lendas cosmogônicas da Ásia, da bacia mediterrânea, da América. Gigantes sábios ou gigantes terríveis, que acabam cedendo a Terra aos homens, depois de instruí-los ou fazê-los sofrer. Gigantes talvez adorados pelos olmecas... O mito é tão tenaz na memória dos homens, que deixamos nossa imaginação nos levar para as fascinantes, porém arriscadas, hipóteses levantadas há algum tempo pelo malogrado Denis Saurat, em seu poético e inquietante livro *A Atlântida e o reino dos gigantes*.

DOIS TEMAS DE CONTROVÉRSIA[1]

Duas pesquisas, uma de tipo histórico, realizada na América; outra de ordem arqueológica, efetuada na China, são atualmente objeto de múltiplos comentários. A primeira se refere concretamente ao descobrimento de nosso continente... Todos considerávamos uma verdade irrefutável que Cristóvão Colombo, em sua primeira viagem, saltou em terra na ilha de Guanahani, chamada de San Salvador pelo Almirante e hoje conhecida pelo nome de Watling. Pois bem: a pedido do Smithsonian Institute, dois geógrafos norte-americanos, Edwin Link e Smith Peterson – particularmente versados, aliás, na história da navegação a vela –, realizaram uma longa viagem de pesquisa pelo mar do Caribe, seguindo as rotas de Colombo. Ao chegar à ilha de Watling, surpreenderam-se ao observar que suas características eram totalmente diferentes daquelas pormenorizadas pelo Descobridor em suas Cartas de Relação. Um tanto desaponta-

---

1. Publicado em *El Nacional de Caracas*, 17 ago. 1958. Letra y Solfa. (N. da Ed. Bras.)

dos por essa dúvida inesperada, Edwin Link e Smith Peterson prosseguiram sua navegação na direção sudeste, chegando à ilha do Grande Caico, situada a uns 400 quilômetros da antiga Guanahani.

De súbito, a paisagem contemplada começou a bater, ponto por ponto, com as descrições de Colombo. Tratava-se de uma ilha plana, coberta de densa vegetação, com água em abundância, rodeada de ilhotas, de recifes, tudo exatamente como registrado pelo Descobridor... Completando suas observações com o cotejo de diversos documentos marítimos, Edwin Link e Smith Peterson apresentaram ao Smithsonian Institute um estudo detalhado, desenvolvendo uma tese que foi totalmente aceita pela ilustre fundação... Segundo eles, Colombo teria posto os pés no chão da América pela primeira vez na ilha do Grande Caico, e não na ilha de Guanahani. E como tudo que se refere ao Grande Almirante é sempre sujeito a apaixonadas controvérsias, temos aqui um ótimo tema para discussões que não tardarão a se deflagrar na Espanha e nas duas Américas.

Outra pesquisa que está provocando certa polêmica é a realizada por um arqueólogo chinês, o professor Tshi Pen-Lao, da Universidade de Pequim, em um vale situado nas montanhas de Yunnan, numa ilha do lago Tung-Ting... Esse trabalho começou depois de um terremoto ocorrido em 1953, que pôs a descoberto uma série de pirâmides até então submersas, algumas das quais com até 300 metros de altura. Várias provas revelaram que essas misteriosas edificações foram erguidas, com fins inexplicáveis, faz a ninharia de 45 mil anos. Mas isso não era o mais surpreendente: tanto no vale como na ilha, apareceram desenhos de rara elegância, representando homens entregues às mais desconcertantes atividades. Em uma espécie de pintura rupestre, aparecem personagens armados de enormes trompas apontando para o céu. E no próprio céu – isto é, literalmente flutuando na atmosfera – vêem-se uns corpos cilíndricos tripulados por outros personagens que, por sua vez, empinam outras trompas semelhantes às primeiras, embora de menor tamanho...

Claro que não faltaram sujeitos imaginativos dispostos a afirmar que aquele povo ignorado pela história devia ter dominado a navegação aérea. Mas fica o fato de que no local das descobertas floresceu uma civilização desconhecida, cuja cultura material chegou a um alto grau de desenvolvimento. O que, mais uma vez, faz recuar os limites proto-históricos da vida do homem em nosso planeta.

PRESENÇA DA NATUREZA[1]

"Pode ocorrer um furacão a leste da Flórida"... lia-se ontem em nosso jornal. E muita gente, ao deparar com a palavra 'furacão', nem imagina como pode parecer estranho para um europeu ouvir falar de furacões. Quando Goethe, numa carta famosa, falava da gentil natureza do Velho Continente, "para sempre domada e pacificada", sua mente deixara para trás a era dos furacões, e também a das grandes inundações e das grandes fúrias do céu. Quando o Sena transborda, o máximo que pode acontecer em Paris é o alagamento de duas ruas e uma praça vizinha. A pior das trombas-d'água – ainda restam algumas por lá – não derruba mais do que três ou quatro chaminés de fábricas... Ocorre que, onde as derrubadas desnudaram as terras durante séculos, transformando as florestas primitivas em campos de lavoura, os rios se amansam e até o céu muda de aspecto. Já não estão embaixo os grandes Laboratórios da Umidade para incharem nuvens

---

1. Publicado em *El Nacional de Caracas*, 23 ago. 1952. Letra y Solfa; *El Nacional de Caracas*, 2 out. 1952. Letra y Solfa. (N. da Ed. Bras.)

em constante atividade, que, de repente, se enfurecem e rebentam contra o espinhaço de montanhas virgens, que ainda desempenham o papel de divisoras de águas que a Bíblia lhes confiou nos primeiros capítulos do Gênesis. O meteoro da Europa é um meteoro de pequenas dimensões, como um efeito cenográfico de uma representação de Bayreuth. O raio deixou de ser uma manifestação da ira divina, desde que Benjamin Franklin o caçou com um pára-raios. E a chuva torrencial foi substituída, há tempos, pela garoa que encharca lentamente, por persuasão, os transeuntes que nada fazem para evitá-la nas ruas de suas cidades...

Essa saraivada de furacões que a cada outono sacode o Caribe é ainda uma presença, sempre ativa, das pavorosas "tempestades das Bermudas", citadas por Shakespeare e pelos dramaturgos do Século de Ouro Espanhol – tempestades que chegaram a tornar-se mitos americanos desde o início da Conquista, como o das Amazonas ou o da Fonte da Eterna Juventude. E o fato de que agora, em 1952, continuemos lendo os boletins meteorológicos que a elas se referem demonstra que estamos muito longe de ter vencido nossa própria natureza, assim como os contemporâneos de Goethe haviam vencido, domado, domesticado a deles.

Havana aceita como algo normal a fatalidade de, a cada dez anos – em média –, um furacão apanhar a cidade, causando os conseqüentes estragos. O que correspondeu ao ano de 1927 – o anterior apanhara a capital em cheio em 1917 – deixou um rastro de alucinadas fantasias: uma casa de campo deslocada, intacta, a vários quilômetros de seus alicerces; veleiros tirados da água e depositados numa esquina da cidade; estátuas de granito decapitadas de um golpe; coches fúnebres levados pelo vento ao longo de praças e avenidas, como que conduzidos por cocheiros fantasmas. E – cúmulo do insólito – um trilho arrancado da via, suspenso nos ares e arremessado contra o tronco de uma palmeira-real com tamanha violência que varou seu tronco, ficando como os braços de uma cruz.

A América ainda vive sob o signo telúrico das grandes tempestades e das grandes inundações. Sempre haverá algum boletim meteorológico, de Miami, de Havana, da ilha de Gran Caimán, para nos lembrar que nossa natureza ainda não é tão 'gentil' nem tão 'pacificada' como Goethe gostaria que fosse a do mundo inteiro – à semelhança da de sua romântica Alemanha.

UMA ESTÁTUA FALOU[1]

Abrindo um manual escolar de História da América – há alguns excelentes, diga-se de passagem –, você logo depara com uma série de afirmações categóricas sobre a antigüidade das civilizações pré-colombianas. Ficará sabendo, por exemplo, que, antes da chegada dos espanhóis, Manco Cápac tivera doze sucessores, o que provaria que a cultura incaica não era muito antiga. Voltando os olhos para o México, receberá esta informação acerca do império tolteca: "Foi fundado por um povo vindo do Norte, por volta do século IV d.C.". A noção correntemente aceita a respeito dos astecas, maias e incas estabelece que suas civilizações se originaram entre os séculos II e V de nossa era; que atingiram seu máximo florescimento no século XII, logo entrando em decadência. E quando certos arqueólogos ousaram afirmar, faz alguns anos, que a Porta do Sol de Tiahuanaco estava entre as edificações mais antigas da humanidade, os historiadores tradicionais

---

1. Publicado em *El Nacional de Caracas*, 19 jun. 1952. Letra y Solfa. (N. da Ed. Bras.)

deram de ombros, dando a entender que tais afirmações pertenciam ao domínio da fantasia.

Para infelicidade destes últimos, a América vem assistindo a uma série de extraordinárias descobertas arqueológicas que tem feito recuar as origens das civilizações americanas de maneira espantosa. Primeiro foi uma múmia inca, vestida de belíssimos tecidos, que foi datada de um milênio antes de Cristo. Depois foram os achados em diversos locais do México: ruínas desenterradas, esculturas gigantescas, encontradas na selva, marcos, objetos que alteraram sensivelmente certas noções cronológicas tidas e havidas como válidas até o momento presente.

Mas agora acaba de ocorrer, nesse domínio, um verdadeiro golpe teatral. Não é de hoje que os arqueólogos mexicanos vêm comprovando, maravilhados, a insuspeitada importância da arte dos olmecas, que tiveram uma enorme influência sobre a cultura de monte Albán, além de serem – segundo os estudos de Stirling e Caso – os remotos precursores da arte de Teotihuacán. Algumas estátuas olmecas apresentavam um grau de estilização só alcançado em artes plásticas muito maduras, já consolidadas numa tradição artística e técnica. Certa figura de um velho sentado, com as mãos ocupadas no esforço de romper uma corda, era digna de constar – guardadas as devidas distâncias entre estilos – junto às obras-primas da estatuária grega.

Pois bem: recentemente, uma estátua olmeca foi enviada a Chicago, onde existem laboratórios equipados para realizar o famoso teste radiológico do carbono 14, que permite determinar, com espantosa precisão, o grau de antigüidade de certos materiais, entre os quais aqueles usados pelos escultores de todos os tempos. Submetida à prova, a estátua olmeca – conforme acaba de declarar oficialmente o diretor do Museu Nacional do México – revelou ter sido esculpida... 1.457 anos antes de Cristo. Ou seja, 15 séculos antes de nossa era, uma grande civilização americana encontrava-se em pleno apogeu, na região de Tlatilco, no

México!... Ou seja: quando ainda não se podia falar em uma cultura grega.

Acabamos por nos perguntar se a Atlântida de Platão não seria, simplesmente, uma América da qual os navegantes tartéssios já tivessem notícias.

TIKAL[1]

Transcorria o mês de fevereiro do ano de 1696. Tendo adentrado a floresta com o objetivo de realizar um projeto de evangelização, um sacerdote franciscano, o padre Andrés de Avendaño, descobriu um impressionante conjunto de ruínas a cerca de 200 milhas ao norte da cidade da Guatemala. O que mais chamou a atenção do missionário foi a inusitada altura de certas pirâmides, de abruptas vertentes, em cujo topo se viam construções semelhantes a templos. "Apesar da grande altura dessas pirâmides e da escassez de minhas forças, escalei uma delas, ainda que com grande dificuldade", escreveria o sacerdote em seu livro de viagem... Pela primeira vez, um europeu contemplara as ruínas de Tikal.

Não obstante a importância da descoberta, ninguém pensou, de imediato, em seguir os rastros do padre Andrés de Avendaño. Os homens do século XVII eram pouco afeitos aos trabalhos ar-

---

1. Publicado em *El Nacional de Caracas*, 19 fev. 1959. Letra y Solfa. (N. da Ed. Bras.)

queológicos. Muito menos os do século XVIII, cujo desprezo pelos vestígios de civilizações extintas os levou ao extremo de alugar os mais formosos templos de Roma para servirem de oficinas e moradias pobres. Não se voltou a falar de Tikal até 1848, ano em que um coronel do exército guatemalteco topou com as ruínas por acaso. Mas esse segundo achado tampouco propiciou o início dos trabalhos arqueológicos... Passaram-se mais de cinqüenta anos e, em 1901, um viajante alemão, Teobert Maler, descobriu o sítio de Tikal por conta própria, oferecendo uma primeira descrição – muito incompleta – do que lá se podia contemplar.

Por fim, em 1950 – ou seja, mais de dois séculos e meio depois da viagem do padre Avendaño –, iniciaram-se os trabalhos que já transformaram Tikal em uma das maiores atrações turísticas da América. Muitas ruínas foram liberadas da vegetação que as sufocava. A visita aos templos no alto das pirâmides tornou-se relativamente fácil, e há rotas aéreas que permitem ao viajante percorrer a distância entre a Guatemala e Tikal em cinqüenta minutos... Ano após ano vêm sendo feitas descobertas mais e mais importantes naquela enigmática cidade, cujas origens remontam a 1.500 anos antes de Cristo e cuja cultura atingiu seu máximo esplendor entre os anos 300 e 900 de nossa era. Depois, segundo o misterioso destino de outros centros religiosos e políticos do povo maia, a cidade de Tikal foi abandonada por seus habitantes.

Mas, neste caso, a violência marcou presença. Os arqueólogos acharam marcos, esculturas e edificações que ostentam os vestígios de uma destruição voluntária. Supõe-se – e isso, por ora, não passa de hipótese – que, em determinado momento, Tikal assistiu a uma sublevação popular contra a casta sacerdotal ou nobiliária. No mais, deduz-se que o povo de Tikal mantinha contato com as populações litorâneas, a julgar pela grande quantidade de conchas marinhas encontradas nas ruínas. Por outro lado, foram encontrados magníficos objetos esculpidos em obsidiana e jade, bem como ossos humanos, que revelam que os sacerdotes de Tikal realizavam cruentos sacrifícios.

Embora hoje possamos contemplar algumas das edificações mais impressionantes e elevadas que a civilização maia nos deixou, ignoramos tudo o que se refere à história de Tikal. Um longo capítulo da história do homem no novo continente permanece envolto em mistério. E quanto ainda há por saber, por descobrir, no campo de uma cultura que se afirma, a cada novo achado arqueológico, como uma das mais ricas e completas que a humanidade já conheceu? Quantas revelações ainda não nos reservará a prodigiosa arqueologia americana!...

O ANJO DAS MARACAS[1]
A dívida da música moderna com a América Latina

Em um dia do ano de 1608, uma terrível notícia abala a cidade cubana de Bayamo: o queridíssimo bispo frei Juan de las Cabezas Altamirano foi seqüestrado pelo pirata francês Gilbert Giron, pilhante das costas antilhanas que pretendia cobrar um resgate pela liberdade do religioso.

Decididos, sem se deixarem intimidar pela exigência de dinheiro ou jóias, os moradores do lugar se organizam em milícia e saem para resgatar o cativo, levando com eles um escravo negro chamado Salvador Golomón. Em meio ao combate, Golomón desafia o pirata a duelo singular e lhe corta a cabeça com um certeiro golpe de facão. Os flibusteiros fogem, e os vencedores regressam exultantes, entre vivas e festejos.

Na igreja de Bayamo, é oferecido um moteto em homenagem ao bispo libertado – especialmente composto por um capelão versado na arte do contraponto –, os moradores trazem suas *vihuelas*

---

1. Publicado em Unesco, *El Correo* (Paris), 26 (6): 16-18, 34-36; jun. 1973; *Música* (Havana) (43): 3-8, dez. 1973. *Suplemento del Caribe* (Colômbia) (141):(1), 6, 23 maio 1976. (N. da Ed. Bras.)

e *arrabis*, suas *zampoñas* e violininhos, e arma-se um magnífico baile onde soam não apenas os instrumentos da Europa, mas também se batem tambores africanos, tocam-se maracas e *claves*, e até aparecem alguns instrumentos índios – aborígines, portanto –, entre os quais um chamado 'tipinagua'...

Um dos moradores, Silvestre da Balboa (1564?-1634?) assiste ao espetáculo e, tomado por uma magnífica inspiração poética, escreve as épicas estrofes de um *Espejo de paciencia*, que não apenas viria a ser um dos primeiros grandes textos da literatura latino-americana (poema cujo herói, pela primeira vez, é *um negro*, que o autor resolveu expor à admiração de todos os deuses da mitologia grega...), mas constitui também a primeira crônica de um concerto religioso e profano reunindo todos os elementos sonoros que caracterizarão a futura música do Continente, música que, tanto em suas expressões cultas como nas populares e folclóricas, no início deste século irromperá com dinamismo próprio no panorama da música universal.

Quando Hernán Cortés avista as costas mexicanas, seu companheiro de viagem e futuro historiador Bernal Díaz del Castillo conta-nos que o Conquistador, pedindo "ventura em armas", cita um romance do Ciclo Carolíngio, em versos que o autor deste artigo teve a inesperada emoção de ouvir, poucos anos atrás, da boca de um poeta popular venezuelano – analfabeto, além de tudo – da região de Barlavento, que o recebera da tradição oral.

Nos dias de nossa infância, as meninas de Cuba ainda cantavam, dançando em roda, o estranho 'Romance de la Delgadina', desventurada donzela maltratada "por um cão mouro e uma mãe renegada" – o que revela a ascendência medieval de um canto anterior à Reconquista do reino de Granada, cuja incrível difusão em toda a América Latina foi detalhadamente estudada pelo insigne Ramón Menéndez Pidal.

Conhecemos os nomes dos músicos – vihuelistas e cantores – que acompanharam Hernán Cortés em sua fabulosa aventura. Sabemos de um Juan de San Pedro, corneteiro, músico da corte de Carlos v, que se mudou para a Venezuela nos primeiros anos do século xvi. Na década de 1530-1540, já soava um pequeno órgão portátil (daqueles que na época eram chamados 'órgãos de pau', ou seja, de madeira, em italiano *organo di legno*) na antiga catedral de Santiago de Cuba.

Também sabemos – aliás, sobram informações a respeito – que os primeiros evangelizadores do Novo Mundo, muito inteligentemente, se empenharam em adaptar palavras alusivas ao culto cristão – louvor à Virgem, textos litúrgicos... – às melodias que ouviram dos índios colonizados, realizando com isso uma primeira simbiose de culturas que nunca haviam estado em contato.

Daí para o grande concerto religioso-profano descrito pelo poeta Silvestre de Balboa, era apenas um passo. Mas agora – e isto já pode ser observado em *Espejo de paciencia* – o religioso e o profano seguem caminhos distintos, assim como, na Europa da época, se verificava a coexistência da música culta e da música popular.

Com a construção de catedrais que já começam a merecer esse nome, a vertente religiosa segue rumo ao México, a Morelia, a Lima, onde começa a se desenvolver uma arte polifônica muito sofisticada no manejo da técnica, que deixará obras de caráter litúrgico muito apreciáveis. As igrejas tornam-se autênticos conservatórios: nelas se cantam as melhores páginas de Guerrero e de Morales (México); mais tarde, de Porpora e Marcello (Cuba) e de Pergolese, cujo *Stabat Mater* alcançou em todo o continente um êxito digno de *best-seller*, exercendo forte influência sobre muitos de nossos compositores.

E, assim, no religioso, chega-se a um século xviii em que, evidentemente informados do que ocorria na Europa, os mestres de uma polifonia austera adotam um estilo harmônico que busca adaptar-se às inovações estéticas da época. As mãos se soltam. Difundem-se composições musicais que já exigem certo virtuosismo do intérprete. Há fantasia e maior atenção ao desenho melódico. Suplantando as normas rígidas e libertando-se de certa escolástica sonora, sopra o ar de uma nova Itália, representado na Argentina pelo florentino Domenico Zipoli (1688-1726), que desempenhou o ofício de organista em Córdoba e trouxe, junto com um conjunto de partituras muito estudadas pelo nossos mestres-de-capela, novos modelos e técnicas para a música de igreja.

Daí resulta a obra extraordinária do cubano Esteban Salas (1725-1803), mestre-de-capela da catedral de Santiago de Cuba, que, junto com missas, motetos, lições etc., baseados em textos latinos, deixou-nos cerca de uma centena de vilancicos para vozes, duas partes de violinos e baixo contínuo que apresentam a singular característica de terem sido compostos sobre versos um tanto ingênuos, mas sempre com muito frescor e graça, escritos, não em latim, mas em castelhano, coisa muito estranha na época. (O mais antigo vilancico de Salas que chegou a nós data de 1783.)

Enquanto isso, desenvolvia-se o popular: da simbiose, da amálgama do romanceiro espanhol, dos tambores africanos, dos instrumentos nativos, nasciam aquelas 'endemoninhadas sarabandas de Índias' citadas por Cervantes e ecoadas por outros grandes autores clássicos espanhóis, como Lope de Vega e Góngora. Dançava-se nos portos de Havana, de Cartagena de Índias; dançava-se em Portobello, em Veracruz, no Panamá – "vem do Panamá", diz Lope de Vega ao descrever um *son*, aquilo que soa, *sonare*, sonata, que aparece em seu teatro.

E aí se misturavam os ritmos negros com as melodias do romance e com a póstuma presença das 'chocalhadas índias', como eram chamadas pelos cronistas, casando com *claves*, maracas, bongôs, tambores variados e instrumentos de percussão normal, de entrechoque, idiofones, e encontrando sua expressão mais completa, sublimada, nas prodigiosas batucadas brasileiras, que reúnem conjuntos rítmicos em ação, inspirados, desenfreados, que viriam a ser estudados e aproveitados por grupos modernos interessados nesses meios expressivos, como os Percussionistas de Estrasburgo, cujos discos tiveram ampla difusão.

De repente, Bizet, em *Carmen*, escreve uma 'Habanera', e a palavra 'habanera' – música de Havana, evidentemente – instala-se no vocabulário musical. Debussy, em sua *Noite em Granada*, escreve uma peça em ritmo de habanera. Ravel utiliza o mesmo ritmo no terceiro tempo de sua *Rapsódia espanhola*. Erik Satie também se diverte escrevendo uma habanera para suas *Suites auriculaires*.

Mas isso não é tudo: Darius Milhaud, ao deixar o Rio de Janeiro, onde estivera acompanhando Claudel em missão diplomática, compõe suas *Saudades do Brasil* para piano, suíte inspirada em toda a rítmica folclórica brasileira, aprendida – como ele próprio afirma em suas *Memórias* – de pianistas populares que, durante sua temporada carioca, tocavam na entrada dos cinemas da avenida Rio Branco. De volta à França, o compositor escreve *L'Homme et son désir*, balé com libreto de Claudel, inspirado na força, nos mistérios da floresta americana, no qual mobiliza um tremendo aparato de percussão cujas possibilidades expressivas lhe foram reveladas pelos sons escutados no Novo Continente. Também empregará ritmos cubanos em uma abertura sinfônica.

Anos mais tarde, Edgar Varèse, justamente admirado hoje em dia como gênio precursor, viria a estudar a feição de certos instrumentos latino-americanos presentes nas obras de seu amigo íntimo, o brasileiro Heitor Villa-Lobos, e dos cubanos Caturla e Roldán, para escrever obras – como *Ionização* – que já são clássicas no mundo das novas tendências musicais.

Voltando à música culta latino-americana propriamente dita, vemos que ela, influenciada direta ou indiretamente pela força do popular, pela inspiração de intérpretes, cantores e instrumentistas que nas cidades e nos campos inventavam suas próprias expressões, sente uma espécie de necessidade profunda, visceral, de adquirir caracteres próprios, enquanto nas ruas e nos bailes das cidades vão sendo elaboradas coisas novas, que receberão o nome de tango, rumba, conga etc., e invadirão o mundo no século xx, a par do jazz norte-americano.

Tudo isso começa a exercer certa influência sobre a obra de músicos formados em conservatórios. Dado o triunfo, na Europa, da ópera de feição romântica, meyerbeeriana, sobretudo verdiana, era preciso escrever óperas, mas que fossem eminentemente nacionalistas, se não no conteúdo, ao menos no assunto. E de fato se compuseram óperas no México, na Venezuela, em Cuba, todas muito bem-intencionadas – com temas nobres, um tanto históricos, ou baseados em lendas nacionais –, mas nenhuma atingiu o nível das do brasileiro Carlos Gomes (1836-1896), cujo *Guarani* (sua abertura e seu balé competem com vantagem com o que se fazia de melhor na época nesse terreno) ficou como autêntico clássico da música romântica latino-americana, sem que obras de inspiração semelhante, criadas mais tarde em nosso continente, conseguissem se igualar a ela na eficiência dramático-musical.

Então, no limiar do século xx, nossos compositores deparam com um problema muito parecido ao que conheceram os músicos russos de uma época bastante recente: tendo chegado tarde ao cenário da música universal, sem contarem com antecedentes cultos, exceto os do canto litúrgico ou religioso, mas dotados, por direito, de uma fortíssima tradição popular, os artistas se voltaram para ela. Foi nela que encontraram a dicção própria – como Glinka e Mussorgsky, na Rússia; como Smétana, em sua pátria tcheca –; e é por isso que os músicos latino-americanos surgidos depois de 1900, ou seja, amadurecidos por volta dos anos 20, voltaram-se para seu próprio folclore.

É para o folclore, para a exploração das riquezas folclóricas, dos ritmos e melodias populares que se orientam – como que guiados por uma mesma bússola – Amadeo Roldán (1900-1939) e Alejandro García Caturla (1906-1940), em Cuba; Silvestre Revueltas (1899-1940) e Carlos Chávez (nascido em 1899), no México; Juan José Castro (1895-1968), na Argentina; Juan Bautista Plaza (1898-1965), na Venezuela, e não quero estender a lista com nomes cuja enumeração nos levaria a escrever um artigo enciclopédico. Mas observe-se a sincronia das datas, muito reveladora...

Cabe dizer, porém – e isto é o mais importante –, que, analisando a trajetória desses músicos, observamos que, partindo de um conceito nacionalista-folclórico, todos tenderam (como aconteceu com Manuel de Falla na Espanha, com Bartók na Hungria) a se liberar do 'documento', do tema recolhido na ponta do lápis em bailes e festas populares, para chegarem a uma expressão própria, talvez nacional na dicção, mas nascida, diríamos, *de dentro para fora*.

E aqui vem ao caso falar, enfim, do mais genial, do mais extraordinário, do mais universal dos compositores latino-americanos deste século: o brasileiro Heitor Villa-Lobos (1887-1959), cujas obras, digam o que disserem seus pouquíssimos detratores atuais, são constantemente executadas em concertos e em transmissões radiofônicas e televisivas da Europa e da América – e isso pode ser verificado em um simples exame da programação musical publicada em jornais e revistas. Talvez já prevendo que o violão se transformaria em um instrumento de amplíssima utilização em nossos dias, Villa-Lobos escreveu uns *Prelúdios* e uns *Estudos* que são, para os violonistas de hoje, o que os prelúdios e fugas de *O cravo bem temperado* de Bach foram para os pianistas de sempre. Um texto fundamental, necessário, imprescindível que, além de suas propostas técnicas, se traduz em alta mensagem musical. Do mesmo modo, sua edição discográfica é enriquecida dia após dia.

Junto com alguma criação menor – talvez o músico compusesse demais –, perduram em partituras já clássicas essas obras-primas, primíssimas, que são as *Bachianas nº 1* (para violoncelos), *nº 5* (para voz e orquestra), o prodigioso *Choros nº 7* (para pequeno conjunto de câmara), os *Quartetos nº 5* e *nº 6*, além de obras para todos os instrumentos e combinações orquestrais possíveis que, morto seu autor, em vez de passarem às sombras de arquivos e dicionários de musicologia, conservam vida própria e atuam, no âmbito da música, como presença ativa da América Latina.

Por volta de 1928, tivemos a oportunidade de entrevistar Heitor Villa-Lobos. Perguntamos o que ele pensava do folclore musical. "O folclore sou eu", respondeu o músico, oferecendo nessa frase toda uma preceptiva composicional latino-americana. Desde então, nossos instrumentos, nossos ritmos foram incorporados às orquestras modernas. Resta agora somá-los ao arsenal de agentes percussivos previstos por Berlioz e Rimsky-Korsakov em seus tratados de instrumentação. Esses elementos não passam despercebidos aos Messiaen, aos Boulez, aos representantes mais qualificados da música contemporânea, como também não passarão, em seu momento, dos Milhaud, dos Edgar Varèse. Eles formam parte da gramática, da sintaxe, da fonética de todo compositor moderno.

E ao recordar a frase de Villa-Lobos, "O folclore sou eu", penso em um pórtico trabalhado que se pode ver na entrada de um santuário de Misiones, na Argentina: nele aparece, dentro do *concerto místico* tradicional de alaúdes, harpas e tiorbas, um anjo tocando maracas. Um *Anjo maraqueiro*... Parece-nos que nessa escultura – anjo eterno, maraca de nossas terras – encontra-se resumida, em gênio e figura, toda a história da música latino-americana, desde a Conquista até as buscas que agora realizam, em terrenos ainda incertos, mas abertos a novas possibilidades, os compositores jovens deste Novo Mundo que, afinal de contas, por suas tradições, por suas heranças, por tudo aquilo que recebeu, assimilou e transformou, é tão velho e maduro quanto outros mundos do Mundo.

COMO O NEGRO SE TORNOU CRIOULO[1]
A marca da África em todo um continente

Em 1441, dez nativos do norte da Guiné são levados a Portugal como presente para o rei Dom Henrique, o Navegador, por um comerciante e viajante, Antão Gonçalves, que os trouxera a título de mera curiosidade exótica, como poderia ter trazido papagaios ou estranhas plantas dos trópicos. Mas depressa – depressa demais! – os homens da Europa entenderam que essas 'estranhezas tropicais' poderiam ser aproveitadas como formidáveis forças de trabalho, e, apenas três anos depois, 235 africanos, entre homens, mulheres e crianças, haviam sido levados à força para Portugal – "para a salvação de suas almas, até então irremissivelmente perdidas", como esclarece um piedoso cronista.

E foi assim que logo, nos palácios e nas fazendas de ricos senhores, foram aparecendo escravos negros em número cada vez maior, para realizarem tarefas domésticas e agrícolas. Já estava instaurado, portanto, o abominável negócio do tráfico, que ga-

---

1. Publicado em Unesco, *El Correo* (Paris) 30 (8-9): 8-12; ago.-set. 1977. (N. da Ed. Bras.)

nharia proporções pavorosas com o descobrimento da América. E esse negócio ficaria *oficializado*, por assim dizer, com a autorização concedida por Carlos v, em 1518, para que 4 mil escravos africanos fossem levados à ilha de Hispaniola (Santo Domingo), bem como a Cuba, Jamaica e Porto Rico.

Antes dessa data, porém, o costume de utilizar escravos negros já se generalizara na Espanha, à imitação de Portugal (e Cervantes nos falará deles, cem anos mais tarde, em suas *Novelas exemplares*). Por isso muitos negros já haviam passado para o Novo Continente – para as Antilhas, cuja colonização já era um fato – quando o tráfico foi estabelecido como negócio de alto lucro.

Na inestimável fonte de documentação demográfica que constitui o *Catálogo de Pasajeros a Indias* da Casa de Contratação de Sevilha, em cujas páginas ficaram assentados os nomes dos primeiros solicitantes do traslado às "terras recém-descobertas além do Mar Occeano", pode-se ver os seguintes registros: "5 de fevereiro de 1510, *Francisco, de cor negra*" (é o primeiro de sua raça, inscrito com o número 38). "27 de fevereiro de 1512. *Rodrigo de Ovando, negro forro*" (quer dizer, liberto). "Abril de 1512. *Pedro e Jorge, escravos*" (viajam com seus senhores). "Agosto de 1512. *Cristina, de cor negra, e sua filha Inés*" etc., etc. E seguem-se muitos outros, escravos ou alforriados, retintos ou 'cor de pêra cozida', como eram chamados os mulatos, sem esquecermos, como nota pitoresca, um certo *Juan Gallego, negro, natural da Pontevedra*, que embarca, não se sabe se liberto ou cativo, em 10 de novembro de 1517...

Depois, com a firme instauração do tráfico – tanto espanhol quanto português –, o número de negros trazidos à América aumentará em progressão geométrica, constituindo-se em um dos elementos étnicos de base de uma população que, formada por europeus logo unidos a mulheres índias, enriquecida agora pela contribuição africana, haveria de gerar a classe dos *crioulos*, determinante para tudo que se refira ao estudo, interpretação, entendimento e visão geral da história da América.

A palavra 'criollo' aparece pela primeira vez em um texto geográfico de Juan López de Velazco, publicado no México em 1571-1574: "Os espanhóis que passam àquelas partes [leia-se: América] e ficam nelas por muito tempo, com a mudança do céu e do temperamento das regiões, não deixam de receber alguma diferença na cor e na qualidade de sua pessoa; mas os que nascem nelas chamam-se *crioulos*, e embora em tudo sejam tidos e havidos por espanhóis, já saem conhecidamente diferenciados na cor e no tamanho".

Em 1608, em um poema escrito em Cuba, Silvestre de Balboa qualifica um negro escravo de *criollo*. E, em 1617, o Inca Garcilaso de la Vega nos diz: "*Crioulo* é como os espanhóis chamam os nascidos no Novo Mundo, assim sejam de pais espanhóis como africanos".

Durante algum tempo, percebendo o perigo que a nova palavra acarretava, a Coroa da Espanha tentou proibir sua utilização em qualquer documento, memória ou escrito legal. Mas a palavra continuou a ter curso para designar uma raça de homens surgida na América e que ia adquirindo características próprias, conforme a região e a proporção de ingredientes intervindos em sua formação. Nas Antilhas e nas costas do México, da Colômbia, da Venezuela e do Brasil – estendendo-se até a bacia do Mississippi – essa raça seria poderosamente marcada pela presença africana, e em certas ilhas do Caribe a população negra chegava a ser mais numerosa que a de origem européia.

Por volta de 1920, Paris vive algo que Cocteau, alarmado, não hesitará em qualificar de 'crise negra'. Já em 1907, Picasso pintara *As donzelas de Avignon*, com evidente influência de certas obras de arte africanas que haviam suscitado seu entusiasmo, assim como o de Matisse, Derain e outros que, como o poeta Apollinaire, passaram a colecionar peças daquilo que começaram a chamar 'arte negra'. As galerias logo transbordam de esculturas, entalhes, máscaras, objetos procedentes do continente tão mal conhecido até então, tanto em sua história como em suas colisões criadoras. Porque qualificar tudo aquilo, em seu conjunto, de 'arte negra' era tão absurdo quanto qualificar de 'arte branca' o que se pudesse reunir em um museu delirante, onde Vênus gregas andassem misturadas com virgens catalãs do século XIII, mármores renascentistas, gárgulas medievais e móbiles de Calder.

Depois das artes plásticas, veio toda uma tradição oral – uma literatura falada, recitada, salmodiada – em que o mágico e o religioso se alternam com relatos mais ou menos épicos, com lendas cosmogônicas, fábulas de animais, apólogos, provérbios, simples narrações destinadas ao entretenimento ou à edificação dos ouvintes – todo um *corpus* literário, colhido aqui e ali por exploradores e missionários, agora reunido em livros de 'literatura negra' (negra, como sempre, sem distinção de raça nem grau de evolução cultural), cujo ponto alto é a famosa *Antologie nègre*, de Blaise Cendrars, traduzida para vinte idiomas e que ainda não pode ser encontrada em todas as livrarias do mundo.

E, já que se inventara uma 'arte negra' e uma 'literatura negra', restava agora procurar uma 'música negra'. Ela não se fez esperar: o jazz fez sua entrada avassaladora na Europa no final da Primeira Guerra Mundial. Stravinsky se entusiasmou com essa novidade, assim como Picasso se entusiasmara com as máscaras do Daomé, e compõe um *Piano rag music* e um *Rag-Time para onze instrumentos*. Uma obra-chave do espírito da época é o balé *A criação do mundo*, de Darius Milhaud (1923), cuja música é inspirada nos ritmos e fraseados do jazz. Seu argumento, escrito por Cendrars, apóia-se em uma antiga lenda cosmogônica africana. E, como são necessários cenários e figurinos afins ao caráter da obra, Fernand Léger trata de trazer para seu mundo as formas extraídas de certa plástica africana.

Mas aí estava a origem de um grave mal-entendido que explicará muitos erros futuros. Porque os entusiastas europeus do jazz pareciam não perceber que os dois primeiros grandes sucessos do gênero na Europa se intitulavam *Alexander Rag-Time Band* e *Saint Louis Blues*, nem que o segundo era obra de um músico negro de Nova Orleans, Christopher Handy, enquanto o primeiro era fruto da graciosa inventividade de um compositor que de negro não tinha nada: Irving Berlin. Isso porque o jazz, resultante de uma longa elaboração, *já não tinha quase nenhuma relação com a África*. Era um produto crioulo, autenticamente crioulo, cujas origens se deviam a uma já remota mestiçagem – um tipo de mestiçagem que começou a ser conhecida, pela primeira vez, na América.

Como bem aponta Deborah Morgan (*Musique en jeu*, fevereiro de 1977), "a história do jazz começa em 1619, no momento em que uma fragata holandesa desembarca em Jamestown (Virgínia) os primeiros negros destinados a trabalhar na América do Norte". De fato, o jazz não é um gênero musical nascido em Nova Orleans em torno de 1900, como pretende a lenda renitente, mas é resultado da confrontação, durante três séculos, de duas comunidades: uma originária da África, outra, da Europa.

É curioso observar que a música popular cubana adquire seus traços definidores por essa mesma época (primeiras décadas do século XVII), embora, evidentemente, com características muito diversas. E, apesar de se parecer muito pouco com o jazz, a música cubana invade o mundo por volta de 1930, seguida pela música brasileira, que começará a ser conhecida fora do país de origem às vésperas da Segunda Guerra Mundial. E é de notar que, assim como o jazz difere totalmente das músicas africanas que conhecemos, as músicas cubanas e brasileiras que hoje podemos escutar em todas as partes tampouco se parecem com elas, embora o negro tenha contribuído poderosamente, em ambos os casos, para sua formação e desenvolvimento.

Mas as semelhanças com os sons do continente negro desapareceram. O chachachá ou o mambo de Cuba, a *plena* dominicana, a *biguine* martinicana ou as *steel band* de Barbados e Trinidad, o samba ou a bossa-nova do Brasil, como tampouco o *boogie-woogie* e, muito menos, o *free jazz* da América do Norte já não têm relação alguma com os documentos folclóricos musicais que nos chegam da África em gravações eruditas ou em fidedignas recopilações etnográficas.

Acontece que, transplantado, o negro da África se tornou *outra coisa*. Como aponta Franz Fanon, com a justeza de bom conhecedor da matéria: "Existe tanta diferença entre um haitiano e um dacarense quanta entre um brasileiro e um madrileno".

Mas agora havemos de considerar um fenômeno que se manifesta nas atividades criadoras do africano transplantado para a América (do Norte ou do Sul): ao ser arrancado do chão nativo, *parece perder todo senso plástico*. Ou seja, ele perde como escultor, como entalhador, como pintor, o que agora terá de ganhar como músico. Opera-se nele como que uma transferência de energias. E, embora hoje possamos admirar uma ou outra estatueta, algum desenho saído de suas mãos em Cuba (as *assinaturas* ou símbolos gráficos dos grupos *abakuá*), no Haiti (os *vevés* traçados ao pé dos altares do rito vodu), no Brasil (as estatuetas de ferro forjado dos candomblés), nada disso lembra a força, a originalidade, a mestria técnica de toda uma arte deixada para trás e como que esquecida em uma distância cada vez mais imprecisa. Em compensação, os maiores compositores deste século, tanto na Europa como na América, podem inspirar-se, para compor obras de grande fôlego, no que o negro elabora, com assombroso poder de invenção, nos mais diversos lugares do chamado Novo Continente.

Essa evidente perda do primitivo senso plástico se explica pelo fato de que a prática da escultura, do entalhe – ou da pintura ornamental – teria exigido dedicação de tempo a um trabalho que não interessava ao senhor de escravos. O proprietário jamais ofereceria oficinas e ferramentas àqueles homens destinados a enriquecê-lo com sua mão-de-obra, só para que eles se entregassem ao prazer de esculpir figuras tidas como ídolos bárbaros, conservadores de velhas crenças ancestrais cuja lembrança devia ser extirpada da memória dos submetidos à chibata dos feitores – ainda mais numa época em que o 'homem civilizado' do Ocidente não tinha a menor estima por aquilo que mais tarde valorizaria sob o nome de 'folclore'.

Não. As tentativas de criação plástica do negro eram consideradas obra do Demônio. A música, ao contrário, não causava maiores incômodos, e os fazendeiros de Cuba, por exemplo, de quando em quando permitiam a seus escravos baterem seus tambores e se entregarem à dança, pois com isso provavam que gozavam de boa saúde e que sua 'carne de ébano' [sic] estava em condições de render bons lucros.

Enquanto isso, o escravo escutava os sons a seu redor. Durante o século XVI, o primeiro de sua transplantação na América, ele assimilou o romanceiro espanhol, os cantos vindos de Portugal e até a contradança francesa. Conheceu novos instrumentos musicais, desconhecidos em sua terra de origem, e se habituou a tocá-los. Quando tinha a sorte de ser alforriado por algum senhor mais humano – enquanto não findava uma escravidão que seria abolida aos poucos do solo americano –, muitas vezes se dedicava à profissão de músico, misturando-se com o branco em virtude de certa fraternidade profissional. Como observaria o cubano José Antonio Saco, em 1831: "A música goza da prerrogativa de misturar negros e brancos, pois nas orquestras vemos a confusa mistura de brancos, pardos e morenos".

Já muito distante de qualquer raiz africana, o negro latino-americano tornou-se um elemento básico, constitutivo, como já dissemos – assim como o índio –, desse *crioulo* que, com suas aspirações, lutas e rebeldias, haveria de marcar o destino histórico de todo um Continente. Assim, incorporando-se gradualmente à sociedade de sua nova pátria – o que ocorreu com considerável atraso devido à escravidão e, em muitos lugares, à lamentável condição de homem discriminado –, o negro foi aos poucos recuperando um senso poético e um senso plástico aparentemente perdidos fazia vários séculos.

Agora, porém, não se tratava de prolongar do outro lado do Atlântico umas tradições ancestrais que não correspondiam à realidade do novo ambiente[2]. O negro já não falava os idiomas da África, e sim as grandes línguas, com diversas raízes clássicas, que se ofereciam a sua expressão verbal. Ele não sentia a necessidade de ressuscitar velhas narrações iorubanas, de rememorar antigas lendas, de voltar às fontes da literatura oral, mas de 'fazer poesia' no sentido mais cabal do termo.

O mesmo ocorreu com o pintor. Ele já tinha muito pouca relação com uma arte concebida, em seu meio original, como um complemento de cultos religiosos deixados para trás – embora às vezes sincretizados em altares aparentemente consagrados a santos cristãos. Para ele, os problemas plásticos eram os mesmos com que se poderia defrontar, numa determinada época, o artista de qualquer lugar. Por isso, os pintores e escultores negros ou mulatos que surgiram na América Latina durante todo o século XIX em nada lembrarão, com seus pincéis e formões, as formas e estilizações da arte africana.

---

2. Pode-se argumentar que os núcleos de *abakuá* e a *santería* em Cuba, o rito dos *Obeah* na Jamaica, o vodu no Haiti são autênticas sobrevivências africanas. Mas também se pode dizer que tais sobrevivências, além de muito sincretizadas e enriquecidas por pequenos cultos locais, estão fadadas a desaparecer em poucos anos – ou a se *acrioularem* consideravelmente, como já ocorre no panteão do vodu, enriquecido por novos deuses, como Criminel Petro, Erzulie ou Marinette Bois-Cherché. Em outras ilhas das Antilhas, o folclore africano tornou-se uma atração para turistas, a quem se oferecem 'cerimônias mágicas' e 'danças rituais' em troca de dólares. E, como bem sabemos, quando o folclore pode ser comprado com moedas, já há muito deixou de ser autêntico. Isso sem falar em Cuba, onde as velhas agremiações de *ñáñigos* (espécie de associações secretas de socorro mútuo) deixam de ter toda a razão de ser em um sistema socialista. (N. do A.)

E isso também ocorreu com a poesia, na mesma época. Por outro lado, vale acrescentar que, no continente americano, coube a escritores 'brancos' (com todo o sentido relativo que a palavra pode ter na América Latina) publicar numerosos romances de ambiente 'negro' – ou denunciadores das repugnantes práticas da escravidão.

Contudo, de cinqüenta anos para cá, nossa época assistiu ao surgimento de poetas e pintores cuja obra apresenta características novas, devidas à simbiose de culturas propiciada pela própria história do chamado Novo Mundo. Por isso se tem falado muito em 'poesia negra' nas últimas décadas, designando-se assim uma poesia retumbante, percussiva, onomatopaica, que, para maior confusão de noções, foi muitas vezes produzida por poetas perfeitamente 'brancos', como o cubano Emilio Ballagas ou o venezuelano Manuel Felipe Rugeles.

Isso corresponde a um conceito exótico de *negritude*. Pois a verdade é que, se de fato existisse uma 'poesia negra', ela seria mais autêntica se fizesse ouvir uma voz de negro oprimido por séculos de escravidão ou de discriminação racial – uma voz acima de tudo revolucionária, se pensarmos que, desde o século XVI, o negro sempre esteve *sublevado* contra seu senhor em algum lugar do Continente, chegando a constituir pequenos estados independentes no Brasil, na Guiana, na Jamaica, que duraram longos anos. O negro latino-americano nunca se resignou a ser escravo. Seus levantes e revoltas são incontáveis, desde a promovida na Venezuela, no século XVI, pelo Negro Miguel, até as guerras da independência do Haiti – com a admirável figura de Toussaint-Louverture –, precursoras das Grandes Guerras de independência do Continente.

Em sua longa história americana, o negro nunca abdicou da idéia de Liberdade – idéia acalentada pelos *crioulos* de todas as classes e níveis que, depois de muita luta, livraram-se do jugo do colonialismo espanhol, português, francês e inglês. E é típicamente *crioulo* o pensamento que, em 1721, Montesquieu põe na boca de um negro antilhano: "Por que querem que eu trabalhe para uma sociedade à qual não quero pertencer? Por que querem que eu defenda, apesar de mim mesmo, uma organização que foi feita sem me levar em conta?".

Por ser *crioulo* e ao mesmo tempo nutrido das melhores tradições clássicas, um poeta como Nicolás Guillén pôde escrever uma poesia que, tomando como base rítmica o *son* cubano (gênero musical já de per si extremamente acrioulado), revelava raízes fincadas, não no chão da África, mas em terras já muito cultivadas, aradas séculos atrás por Lope de Vega e Góngora, assim como pela mexicana sóror Juana Inés de la Cruz, quando esses autores se dedicaram a escrever os chamados 'poemas de negros'. E é por isso que, se há uma poesia que pode ser justamente qualificada de *crioula*, é a desse poeta que, de resto, não se restringiu aos estreitos limites de um determinado estilo, mostrando-se tão cubano em seus poemas de feição clássica como nos percucientes primeiros versos de *Motivos de Son* ou de *Sóngoro Cosongo*.

Na pintura poderíamos citar, em plano paralelo, um quadro monumental como *A selva*, de Wifredo Lam, síntese de vegetações e formas que pertencem ao âmbito um tanto mágico do Caribe, obras de um pintor mestiço, de sensibilidade autenticamente *crioula*, cuja produção ocupa uma posição de destaque no panorama da arte moderna... Por outro lado, agora se está produzindo na Venezuela, nas pequenas Antilhas e no Haiti uma autêntica escola de pintores dos chamados *naïfs* ou 'primitivistas', que vêm fazendo maravilhas já desde os anos 40. Essa pintura local é outra contribuição à pintura latino-americana em geral, sem que nela apareçam indícios de uma tradição ancestral africana, a não ser uma preferência comum às cores vivas e alegres, fruto mais de um temperamento que de idiossincrasias.

Desse modo, tanto no mundo das Antilhas de língua espanhola como no das anglófonas e francófonas, atualmente se produz uma literatura e uma pintura de características marcadamente *crioulas*, sem a necessidade de medirmos aqui a proporção de ingredientes raciais amalgamados no conjunto.

Por isso, a contribuição do negro para o mundo aonde foi levado, muito à sua revelia, não consiste naquilo que se tem erroneamente chamado de 'negritude' (por que não falar, nesse caso, de uma 'branquitude'?), e sim em algo muito mais transcendente: uma sensibilidade que veio a enriquecer a dos homens com os quais foi obrigado a conviver, transmitindo-lhe uma nova energia para manifestar-se numa dimensão maior, tanto no aspecto artístico como no histórico, uma vez que, na América, o *crioulo* mestiço de índio e europeu só chegou à idade adulta quando passou a contar com a sensibilidade do negro.

Da soma dessas três raças – com maior proporção de índios em algumas regiões, enquanto outras estão indelevelmente marcadas pelo negro –, surgiu o homem que, com suas obras musicais, plásticas, poéticas, narrativas, conquistou um lugar de primeiro plano no panorama cultural do mundo.

O CARIBE

A CULTURA DOS POVOS QUE HABITAM AS TERRAS DO MAR CARIBE*1

Este mapa, desnecessário dizê-lo, mostra-nos o conjunto da área geográfica do Caribe, tanto as ilhas como as porções de terra firme que o integram. Qualquer cubano medianamente culto seria capaz de apontar com segurança: ali estão as Bahamas, aqui a Jamaica, a República Dominicana, o Haiti, Porto Rico, Trinidad, Curaçao, Aruba, Barbados, Santa Lucía, Saint Kitts, Bonaire etc.

Por vivermos no Caribe, por pertencermos ao mundo do Caribe, temos a impressão, *a priori*, de conhecermos muito bem o Caribe. Mas, embora pareça estranho, paradoxal, é bem prová-

---

* Respeitando a preferência marcadamente cubana pela forma *Mar Caribe* (adjetiva) em detrimento de *Mar del Caribe* (substantiva). (N. de T.)

1. Apresentação de Alejo Carpentier na TV cubana, em 19 de julho de 1979, por motivo da celebração de Carifesta 79. O Carifesta, Festival das Artes Criativas do Caribe, foi planejado por Forbes Burnham, em 1966, então primeiro-ministro da Guiana. Em 1972, realizou-se o primeiro Carifesta. Em "Uma grande festa do Caribe", neste volume, Alejo Carpentier trata detalhadamente desse festival. Publicado em *La novela latinoamericana en vísperas de un nuevo siglo y otros ensayos*, México, Siglo XXI, 1981; *Granma* (Havana), 8 ago. 1979: 4; 9 ago. 1979: 4; 10 ago. 1979: 2; *Casa de las Américas* (Havana), 20 (118): 2-8; jan.-fev. 1980. (N. da Ed. Bras.)

vel que atualmente os europeus – com o imenso fluxo turístico para as ilhas do Caribe por meio das agências de viagem –, é bem possível que o europeu conheça certas ilhas do Caribe melhor do que nós mesmos, assim como muitos habitantes das ilhas do Caribe conhecem melhor certos países da Europa que as ilhas mais próximas do lugar onde nasceram.

Como nossas ilhas estão situadas em uma área geográfica submetida a condições climáticas análogas e nossa vegetação se parece bastante, tendemos a acreditar que as semelhanças entre as Antilhas são maiores do que são na realidade. Porque eu, que tive a imensa sorte de visitar uma grande parte, se não a totalidade, das ilhas do Caribe, posso dizer a vocês que a diversidade, a singularidade, a originalidade do mundo do Caribe, que os turistas do mundo inteiro estão descobrindo neste momento, é uma coisa absolutamente maravilhosa.

A vegetação é muito parecida de uma ilha para outra, mas não é a mesma. Difere muito entre uma e outra parcela de terra rodeada pelas ondas do mesmo mar. Além disso, algumas delas têm particularidades mais singulares, mais raras, mais características. Vejamos ao norte, por exemplo: atualmente se está publicando toda uma literatura em torno do chamado 'triângulo das Bermudas', dos 'furacões das Bermudas', das 'tempestades das Bermudas', mas cabe lembrar que Shakespeare já falou disso há vários séculos numa de suas belas peças, *A tempestade,* que trouxe ao mundo as figuras imortais de Próspero e Caliban.

Falamos das ilhas de Martinica e Guadalupe. E nas ilhas de Martinica e Guadalupe está presente a personalidade histórica de Joséfine de Beauharnais, mulher de Napoleão. E isso até deu lugar a uma disputa muito pitoresca e divertida: os historiadores de Martinica e de Guadalupe passaram muitos anos discutindo se a imperatriz Joséfine, a futura imperatriz Joséfine, tinha nascido em uma ou em outra ilha. Depois de muitas pesquisas e consultas a numerosos documentos, chegou-se à conclusão de que a futura imperatriz Joséfine tinha nascido na Martinica. Mas nem por isso os historiadores de Guadalupe deram o braço a torcer, pois afirmaram: "A imperatriz Joséfine também nos pertence, por uma razão muito simples: embora tenha nascido na Martinica, ela foi concebida em Guadalupe".

Vejamos a ilha de Trinidad, com a originalidade de sua música, com a população indiana que podemos encontrar nela. Vejamos a pequena ilha de Aruba, situada perto de Curaçao, ilha singularíssima, ilha que quase não tem vegetação, onde as lavas vulcânicas açoitadas por séculos e séculos de ventos ferozes foram esculpidas como autênticas árvores. Na ilha de Aruba quase não há árvores vegetais, mas há árvores de pedra de uma extraordinária beleza, com troncos, com encrespamentos de folhagem.

Vejamos a ilha de Barbados. Em Barbados deparamos com um tipo de civilização completamente original, uma cultura extraordinária. Barbados nos deu prosadores notáveis, e recordo ter lido em um jornal barbadense um dos melhores ensaios sobre a Revolução Inglesa de Oliver Cromwell. Os jornais dessa ilha têm uma redação maravilhosa, e nela se leva uma vida com características próprias, que se mostra até mesmo na escolha da grande música clássica que as estações de rádio difundem diariamente para a cultura coletiva. Acho que é a ilha onde mais se escuta a música de Haendel e, em particular, o *Messias* de Haendel, cujo famoso coro *Aleluia* serve de prefixo radiofônico para uma das emissoras locais.

Cuba, como hoje sabemos, foi a primeira a ser descoberta, e através dela a paisagem da América se introduziu na literatura universal.

Na República Dominicana é que começou a colonização propriamente dita da América. Mas há outras coisas. Há pontos comuns. Conhecemos as fortalezas construídas no âmbito do Caribe pelos engenheiros militares de Felipe II, os Antonelli. Sabemos que várias fortalezas cubanas também são obra dos Antonelli. Sabemos que em Cartagena de Índias, na Colômbia, há obras dos Antonelli, mas ignoramos a maravilhosa fortaleza construída por eles nas salinas de Araya, um castelo ciclópeo, ameado, dramático, negro, que se ergue como uma visão fantástica sobre uma terra tão completamente branca – pois é composta quase que exclusivamente de sal e areia branca – que parece uma coisa inverossímil, uma visão de quadro surrealista, de quadro fantástico.

O mundo do Caribe está repleto de personagens universais na história e universais na história da América. Não é apenas a sombra da imperatriz Joséfine que encontramos aqui. Em uma pequena ilha chamada Marie Galante, nasceu madame de Maintenon, a última esposa de Luís XIV, a quem se deveu a funesta revogação do Edito de Nantes, que resultou na expulsão dos protestantes da França e na deflagração de uma guerra fratricida.

Pauline Bonaparte, no Haiti, o marechal Rochambeau, sem falar nos grandes navegantes, corsários, flibusteiros... Homens como Walter Raleigh, o favorito de Elizabeth I da Inglaterra, que pretendeu subir o Orenoco e, errando o caminho, penetrou no Caroni, equívoco que o impediu de levar à Inglaterra as riquezas que esperava encontrar. Sem falar tampouco de nossos próprios personagens, aos quais me referirei dentro de alguns minutos, que povoaram o âmbito do Caribe durante séculos, forjando nossa história.

Dentro dessa extraordinária diversidade, parece haver um denominador comum. Esse denominador comum é a música. Às Antilhas poderia aplicar-se aquele nome que o grande clássico do Renascimento francês, Rabelais, deu a certas ilhas que ele chamou de *sonnantes*. Tudo nas Antilhas soa, tudo é som. As Antilhas têm, repito, o denominador comum da música. Pode ser a extraordinária música cubana, com sua longa evolução, da qual não preciso lhes falar, que invadiu o mundo inteiro; pode ser a *plena* dominicana, tão parecida e ao mesmo tempo tão diferente da música cubana; pode ser o extraordinário, o endiabrado calipso de Barbados e Trinidad; ou as *steel band*, que poderíamos chamar, não bandas de instrumentos de cobre, mas de instrumentos de aço, uma vez que, como vocês sabem, os músicos das ilhas de Trinidad e de Barbados criaram com as tampas dos tambores de gasolina e de petróleo, amassadas de um modo especial, um instrumento genuinamente antilhano, e com tal riqueza de notas, de possibilidades e de expressão que com ele estão executando até música de Bach.

Aonde quer que se vá nas Antilhas, escuta-se música. E nem falemos das recentes criações das extraordinárias orquestras jamaicanas; do *beguine* de Fort-de-France, de Pointe-à-Pitre, e da música de Guadalupe e da Martinica; das diferentes músicas que se podem diversificar até o infinito, mas conservando um estranho ar de família. Ainda está para se realizar um estudo paralelo e comparativo da música das Antilhas.

Mas não estou aqui para lhes falar apenas da música antilhana, que é um elemento criativo, um elemento criador profundamente vital – não folclore morto, como o de outros países onde o folclore se deve a pesquisas de arquivo, mas folclore vivo, porquanto se transforma, se enriquece e diversifica a cada dia com novas contribuições, novas invenções, novas combinações instrumentais. Existe algo, muito mais, que confere ao Caribe uma importância especial e primordial: o Caribe desempenhou um papel privilegiado, único, na história do continente e do mundo.

Em primeiro lugar, como eu disse agora há pouco e vocês já sabem: o descobrimento da paisagem americana, da realidade de outras vegetações e de outras terras aparece no diário de viagem de Cristóvão Colombo. Com esse livro de viagem e com as cartas que Cristóvão Colombo enviou aos Reis Católicos narrando suas seguidas viagens, a América se instala nas noções do homem, e o homem adquire pela primeira vez uma noção abrangente do mundo em que vive. Já conhece seu planeta, já sabe que ele é redondo, e agora vai explorá-lo sabendo de e para onde vai. Pela primeira vez na história, ele sabe em que mundo vive.

Esse acontecimento é tão transcendente e tão importante, que podemos dizer que é o mais importante da história. Porque existe na história universal um homem anterior ao descobrimento da América e um homem posterior ao descobrimento da América.

Descobriu-se a América, e de repente, por uma série de circunstâncias que vocês já conhecem, nosso chão, e muito particularmente o chão do Caribe, foi palco da primeira simbiose, do primeiro encontro registrado na história entre três raças que, como tais, nunca se haviam encontrado: a branca da Europa, a índia da América, que era uma total novidade, e a africana, que, embora conhecida pela Europa, era totalmente desconhecida deste lado do Atlântico. Trata-se, portanto, de uma monumental simbiose de três raças de extraordinária importância, por sua riqueza e possibilidade de intercâmbios culturais, e que viria a criar uma civilização absolutamente original.

Pois bem, assim que ocorreu o descobrimento e se começou a conhecer este Novo Mundo, como era chamado, produziu-se um fato negativo, que será compensado por um fato positivo.

Mas comecemos pelo fato negativo: a noção colonialista nasce com o descobrimento da América. Como se sabe, antes de os espanhóis virem para a América, esses outros navegantes extraordinários que foram os portugueses já haviam chegado aos limites da Ásia, haviam explorado as chamadas 'ilhas das especiarias'. Mas esses outros navegantes, principalmente portugueses, alguns ingleses, alguns franceses, que haviam chegado à Índia navegando em torno da África, nunca pensaram em criar colônias no sentido estrito da palavra. Eles estabeleciam entrepostos de trocas comerciais; iam buscar mercadorias e as recebiam em troca de mercadorias. Negociavam, comerciavam, podia haver alguns pontos onde residissem dez, doze, quinze famílias de colonos, que eram as famílias dos próprios trabalhadores desse comércio, mas não existia a noção de colonização.

A Espanha, ao contrário, já entra na América com a noção de colonização. E o primeiro grande colonizador a entrar na América depois do descobrimento é o filho mais velho de Cristóvão Colombo, d. Diego Colombo, que chega nada menos que com sua esposa, dª María Toledo, sobrinha do duque de Alba. Funda uma pequena corte renascentista em Santo Domingo, em cujas ruas costumava passear aquele intelectual chamado Gonzalo Fernández de Oviedo, que viria a ser o próximo cronista das Índias, e não muito depois já se fundaram universidades e se representaram peças teatrais.

Essa idéia de colonização logo parece perfeitamente assentada, consolidada. Mas a história tem suas surpresas, e não se contava com um elemento imprevisto: o dos escravos negros. Trazido do continente africano, o negro que chega à América agrilhoado, acorrentado, amontoado nos porões de navios insalubres, que é vendido como mercadoria, que é submetido à condição mais baixa a que pode ser submetido um ser humano, será justamente o germe da idéia de independência. Quer dizer que, com o passar do tempo, será esse pária, esse homem relegado ao nível mais baixo da condição humana, que nos dotará com nada menos que o conceito de independência. Isso merece uma pequena explicação.

Se tivéssemos aqui um mapa do continente em que pudéssemos acender uma lâmpada vermelha, indicando o ponto onde houvesse uma sublevação negra, de escravos negros, veríamos que desde o século XVI até hoje as lâmpadas nunca estariam todas apagadas, sempre haveria uma lâmpada vermelha acesa em algum lugar. A primeira grande sublevação é deflagrada no século XVI na Venezuela, nas minas de Buría, com o levante do negro Miguel, que cria nada menos que um reinado independente, com corte e tudo, até com um bispo de uma igreja dissidente criada por ele.

Pouco depois, no México, ocorre a sublevação de Cañada de los Negros, tão assustadora aos olhos do colonizador que o vice-rei Martín Enríquez se julga na obrigação de impor castigos tão terríveis como a castração, sem nenhuma contemplação, sem julgamento, para todo negro fugido. Pouco depois, no Brasil, surge o Quilombo dos Palmares, onde os negros fugidos criam um reinado independente que resistiu a numerosas expedições de colonizadores portugueses, mantendo-se independente durante mais de sessenta anos.

No Suriname, no final do século XVII, ocorre o levante dos três líderes negros Sant Sam, Boston e Arabi, que derrotará quatro expedições holandesas enviadas para sufocá-lo.

Houve a Revolta dos Alfaiates, na Bahia, e em Cuba aquela encabeçada por Aponte. Mas uma que merece menção especial, por sua relevância histórica, é o Juramento de Bois Caiman.

O que foi o Juramento de Bois Caiman? Numa noite de tempestade, em um lugar chamado Bois Caiman, isto é, Bosque do Jacaré, as turmas de escravos da colônia francesa do Santo Domingo, hoje Haiti, reuniram-se e juraram proclamar a independência de seu país, independência que foi levada adiante e plenamente realizada pelo grande caudilho Toussaint Louverture, cujo nome está entre os cinco patrocinadores espirituais desta Carifesta 79 que estamos celebrando em Havana.

É curioso que o verdadeiro conceito de independência tenha nascido com o Juramento de Bois Caiman. Isso quer dizer que foi justamente em Santo Domingo – a mesma terra aonde os espanhóis haviam trazido o conceito de colonização – que surgiu o conceito de descolonização, ou seja, o princípio das guerras de independência, de descolonização, das guerras anticoloniais que se prolongarão até nossos dias.

Explico-me: consultando a grande Enciclopédia, a famosa enciclopédia redigida por Voltaire, Diderot, Rousseau e D'Alembert em meados do século XVIII na França, cujas idéias tanta influência tiveram sobre os caudilhos de nossas guerras de independência, vemos que, nessa grande enciclopédia, o conceito de independência tem um valor ainda meramente filosófico. Fala-se em independência, sim, mas em independência do homem perante Deus, perante a monarquia, no livre-arbítrio, até que ponto chega a liberdade individual do homem, mas não se fala em independência política. Já a reivindicação dos negros do Haiti – nisto precursores de todas as nossas guerras de independência – era a independência política, a emancipação total.

Sei que há uma objeção fácil a esse raciocínio. Muitos dirão: calma lá, o Juramento de Bois Caiman ocorreu em 1791, muito depois da independência dos Estados Unidos! Ninguém aqui nega esse fato! Mas não podemos esquecer que, quando as treze colônias norte-americanas se emancipam da autoridade do rei da Inglaterra e passam a ser um país independente, não mais tributário da colônia britânica, não houve uma transformação estrutural na vida dessas colônias: os latifundiários continuaram sendo os mesmos latifundiários; os grandes proprietários, os grandes comerciantes continuaram vivendo exatamente como antes. Ninguém nem sequer cogitou a possibilidade de uma emancipação dos escravos. Para chegar a essa emancipação, será preciso esperar até a Guerra de Secessão. Quer dizer que nos Estados Unidos as coisas continuaram como antes depois da proclamação da independência, depois de Jefferson, depois de George Washington.

Ah, mas isso não aconteceu na América Latina! Porque, a partir das revoltas do Haiti, que logo foram seguidas pela série de guerras de independência que obteriam a vitória final em 1824, na batalha de Ayacucho, as estruturas da vida, as estruturas sociais mudaram radicalmente, e essa mudança se deveu ao aparecimento no primeiro plano do cenário histórico de um personagem que, apesar de sua existência humana, não fora levado em conta politicamente. Esse personagem é o crioulo. A palavra 'crioulo' já aparece em velhos documentos americanos pouco depois de 1500.

Mas o que era o crioulo? *Grosso modo*, o crioulo era o homem nascido na América, no continente novo, fosse ele mestiço de espanhol e indígena, fosse mestiço de espanhol e de negro, ou simplesmente os índios nativos, mas que conviviam com os colonizadores, ou os negros nascidos na América, ou seja, não negros 'de nação'. Todos eram crioulos, e entre eles o mestiço sem dúvida viria a ocupar uma posição privilegiada. Contudo, o crioulo se sentia preterido. Simón Bolívar, o *Libertador*, nesse documento transcendental que é a 'Carta da Jamaica', um dos documentos mais importantes da história da América, fala da condição do crioulo, inclusive de classes abastadas, no período anterior às guerras de independência que ele promoveu. Bolívar diz: "Nunca éramos vice-reis nem governadores, salvo por causas muito excepcionais; arcebispos ou bispos, raras vezes; diplomatas, jamais; militares, só na qualidade de subalternos: nobres sem privilégios reais. Não éramos, enfim, nem magistrados, nem financistas, e quase nem sequer comerciantes".

A história da América tem uma característica muito importante e muito interessante. É uma ilustração constante da luta de classes. A história da América inteira se desenvolveu sempre em função da luta de classes. Nós não conhecemos guerras dinásticas como as da Europa, guerras de sucessão ao trono; não conhecemos guerras entre famílias inimigas, como a Guerra dos Cem Anos, que foi uma luta de feudos; não conhecemos as guerras de religião, no sentido estrito da palavra. Nossa luta constante de vários séculos foi, primeiro, da classe dos conquistadores contra a classe do nativo subjugado e oprimido. Seguiu-se a luta do colonizador contra o conquistador, porque os colonizadores, que vieram pouco depois dos conquistadores, tentaram baixar a crista dos conquistadores e criar eles próprios uma oligarquia, ou seja, exercer a autoridade, e conseguiram destruir a classe dos conquistadores, que, como vocês sabem, acabaram quase todos pobres, miseráveis, assassinados, desterrados. Pouquíssimos tiveram um final feliz.

O colonizador tornou-se a aristocracia, a oligarquia em luta contra o crioulo, aquele crioulo definido por Bolívar no parágrafo que acabei de ler. Finalmente, com as guerras de independência, ocorreu a sublevação do crioulo, do nativo da América, contra o espanhol, que, conforme a latitude, era chamado de *godo*, *mantuano*, *chapetón* etc. Mas o crioulo vitorioso criou uma nova oligarquia, contra a qual haverão de lutar o escravo, o desvalido e uma nascente classe média que inclui a quase totalidade da *intelligentsia*: intelectuais, escritores, professores, enfim, essa admirável classe média que vai crescendo durante todo o século XIX até desembocar no nosso.

Nessa fase da luta, que se estenderá até meados deste século e ainda continua, irá se consolidando o sentimento nacional dos países americanos. Isso quer dizer que o crioulo, ao vencer em todo o continente, começa a buscar sua identidade particular, surgindo então a noção de nacionalismo, e esse mundo crioulo, esse mundo americano, torna-se um mundo habitado por homens conscientes de serem venezuelanos, colombianos, mexicanos, cubanos, centro-americanos e, mais tarde, com os crescentes movimentos de independência nas Antilhas, surgirá a consciência de ser jamaicano, martinicano, curassês, enfim, natural das diversas ilhas que formam nosso vasto mundo caribe, que já adquiriram características próprias e têm consciência de possuí-las.

No século XX, os países de nossa América, dotados de uma forte consciência nacional, lutaram e lutam contra o imperialismo, aliado da grande burguesia crioula, em busca de uma independência total, conjugada ao anseio de avanço social. E esta segunda metade do século XX se caracterizou e se caracterizará pela intensificação dessa luta em todo o âmbito do Caribe: luta por uma independência total, independência total que já foi conquistada em Cuba.

Observando o âmbito do Caribe, ficamos atônitos diante da galeria de grandes homens que nos oferece. Citando apenas algumas personalidades, porque não cabe fazer aqui uma listagem enciclopédica, deparamos com figuras como Francisco de Miranda, o precursor de todas as independências americanas, nascido na Venezuela; Simón Rodríguez, mestre do libertador Bolívar, que dizia: "A América não tem de imitar servilmente, mas ser original", noção de originalidade, noção de nacionalidade; Simón Bolívar, cuja gesta dispensa comentários: é por demais conhecida para que eu me estenda nela. (Mas vale lembrar que, em sua guerra, ele foi respaldado pelo almirante Brion, que era de Curaçao.) Cada vez mais, vai-se construindo a integração do Caribe. Toussaint Louverture era o herói nacional, o libertador do Haiti. Pétion, presidente do Haiti, foi quem pediu a Bolívar, em troca do apoio moral e material em sua guerra, a abolição da escravatura na Venezuela, que, embora não tenha sido proclamada imediatamente, foi uma das primeiras da América. José María Heredia, o grande poeta romântico, o maior poeta romântico, era cubano, mas de pai venezuelano: o funcionário José Francisco Heredia, da Venezuela. Máximo Gómez, sabemos que era dominicano. Os pais dos irmãos Maceo lutaram na guerra de independência da Venezuela. Hostos vem de Porto Rico; Finlay é cubano, e não podemos esquecer nesta enumeração sumaríssima o imenso José Martí, cujo pensamento precursor haveria de animar a gesta de Moncada, que, guiada pelo comandante Fidel Castro, outra egrégia figura de nosso mundo caribe, culminaria na Revolução Cubana, que este ano chega a celebrar o vigésimo aniversário de sua irreversível afirmação, de seu triunfo exemplar.

Os grandes homens cujos nomes acabo de citar vêm provar a existência de algo que poderíamos chamar 'humanismo caribenho'. Nossos grandes homens nunca limitaram sua ação, seu pensamento, seu exemplo, ao âmbito próprio, mas se projetaram para os povos vizinhos. Houve intercâmbio de homens, assim como houve interpretação de idéias. Sempre houve entre nós um desejo de entendimento mútuo dentro de aspirações comuns. Não esqueçamos que a trajetória americana de José Martí, que o leva da Venezuela à América Central, ao México, aos Estados Unidos, a Tampa e a Cuba, essa trajetória política e histórica que culminará em nossa decisiva guerra de independência, é uma trajetória que, excetuando a estada em Nova York e a viagem à Europa, desenvolveu-se em todo o âmbito do Caribe. E quantas páginas emocionadas, quantas páginas cheias de veracidade, cheias de profundo amor, Martí escreveu sobre a Venezuela, sobre a Guatemala, sobre o México, sobre os países do Caribe em geral!

Esse intercâmbio de homens sempre existiu: Máximo Gómez, lutando pela independência de Cuba; um cubano, Francisco Javier Yanes, é que assinou a ata de independência da Venezuela... Os exemplos são incontáveis. O lugar-tenente favorito de Maceo, Aurrecochea – apelidado de *mambí** venezuelano –, era venezuelano. Houve intercâmbio de homens, houve comunidade de idéias, e é por isso que o Caribe, junto com as áreas continentais do México, as regiões de terra firme da Venezuela, da Colômbia, e por extensão as regiões que foram habitadas, que foram povoadas por escravos africanos trazidos do continente no mesmo processo de colonização, como no Peru, como em Guayaquil, como no Brasil, também vêm formar parte desse conglomerado caribe que começamos a ver e a entender em seu conjunto.

Por isso, o Carifesta 79 é muito mais do que um conjunto de encontros musicais, é muito mais do que uma festa: é como um ritual de identificação. Viveremos dias de alegria, de danças, de diversão, mas dias que serão muito mais do que isso, porque neles poderemos confrontar o que nos une e o que nos diferencia,

---

* O insurreto contra a dominação espanhola engajado na independência de Cuba e Santo Domingo no século XIX. (N. de T.)

o que nos faz semelhantes e ao mesmo tempo nos singulariza, o particular e o geral, o que é genuinamente de uns e o que é patrimônio de todos.

Muito disso poderemos saber graças às jornadas artísticas deste Carifesta 79 que agora celebraremos em Cuba. Cinco homens ilustres, cinco grandes humanistas de nosso mundo caribe presidirão esta jornada em espírito: Simón Bolívar, Toussaint Louverture, Benito Juárez, José Martí e Marcus Garvey. Cinco humanistas, cinco condutores de povos que poderiam ter aplicado ao âmbito caribenho, que lhes era próprio, as palavras que nosso Apóstolo dirigiu à América inteira: "Estou orgulhoso do meu amor pelos homens, do meu apaixonado afeto por todas estas terras preparadas para um destino comum por iguais e cruentas dores".

O Caribe é uma realidade esplêndida, e seu destino comum não deixa lugar a dúvidas. Conscientizar-se da realidade do Caribe é ampliar e completar a consciência de um cubanismo exaltado pela vitória de nossa Revolução, cubanismo que se inscreve em um âmbito geográfico que desempenhou um papel primordial e decisivo na história da América, nossa América, a América de José Martí.

UMA GRANDE FESTA DO CARIBE[1]

O grande turismo internacional está começando a 'descobrir' o vasto e maravilhoso mundo do Caribe. Em navios de cruzeiro, em aviões de carreira, em incontáveis *charters*, os visitantes chegam agora às ilhas e costas do âmbito geográfico caribenho, conhecendo com assombro sua amenidade, sua riqueza em expressões próprias, a qualidade de suas artes populares. Um mundo que, devido à identidade de clima, à semelhança da vegetação, à onipresença de um mesmo mar, poderia em um primeiro momento apresentar-se à imaginação como algo desprovido de diversidade, mostra-se, ao contrário, no esplendor de uma policromia que inclui todos os contrastes e matizes possíveis... Sabendo que podem contar, em poucas horas de vôo, com um sol inabalável, estranho a suas neves setentrionais, os milhares de turistas canadenses que a cada inverno visitam Havana vêem coisas muito diferentes das que poderão ver, poucos meses depois, os

---

1. Publicado em *CROMO* (Colômbia) (3219): 42-44, 24 set. 1979. (N. da Ed. Bras.)

franceses que veraneiam nas ilhas de Guadalupe ou de Martinica, atraídos pela comunidade da língua... As Antilhas que foram holandesas em nada se parecem com as que foram britânicas. Há Antilhas montanhosas, de atormentado relevo, e há Antilhas de perfil sossegado, erguidas pouco acima do nível das ondas que as circundam. A arquitetura de Barbados – que conserva esplêndidas residências de um estilo romântico inglês – é totalmente diferente da das ruas quase holandesas de Curaçao. É mínima a semelhança entre as suaves praias de Guadalupe e as dramáticas paisagens de Aruba, onde se erguem árvores de pedra – golfadas de lava repentinamente imobilizadas, por um misterioso fenômeno geológico, no instante mesmo em que um encrespamento lhes transmitia um fantástico aspecto vegetal. E ainda temos os sáris hindustânicos de Trinidad; os braceletes e lenços xadrez das mulatas martinicanas; as blusas furta-cor, as rendas, os sapatos de salto para sapatear das mulheres daqui ou dali... E toda uma humanidade que canta e dança, canta e toca, com uma incrível diversidade de instrumentos de percussão, desde os gigantescos tambores *djukka* presentes em vários lugares (os mesmos que na Venezuela recebem o nome de *mina*) até as fabulosas *steel band* de Trinidad e Barbados, nas quais, com tampas metálicas de barris de petróleo amolgadas a marteladas, os músicos locais conseguem produzir tantas notas que, para mostrar seu prodigioso virtuosismo, chegam a executar, entre batuques e requebros, algum *Allegro* de Johann Sebastian Bach – com ritmo caribenho, claro, sem que haja nisso maior pecado que o de passar Franz Liszt para o rock, como fazem certas bandas de outras latitudes... Terras da rumba, da *plena*, do *beguine*, do *reggae*, do calipso! Terras que com muita justiça mereceriam o título de *îles sonnantes* que Rabelais deu a umas ilhas imaginárias visitadas pelos heróis de seu grande romance de Gargantua e Pantagruel...

Ilhas Sonantes, todas elas! Mas 'ilhas sonantes' que um dia teriam de soar em concerto, todas juntas, em determinado lugar, a modo de *rito de identificação* caribenho, onde cada voz pusesse seu sotaque peculiar... A idéia estava 'no ar', como se costuma dizer, quando, em 1966, o primeiro-ministro da Guiana, Forbes Burnham, teve a feliz iniciativa de planejar um Festival das Artes Criativas do Caribe, que receberia o nome de *Carifesta*. A idéia foi amadurecendo, até que em 1972 se realizou o primeiro *Carifesta*, na própria Guiana. O segundo foi celebrado na Jamaica, em 1976, já com uma extensão do conceito insular do caribenho às costas e regiões da América marcadas por idênticas ou semelhantes heranças culturais.

E, agora, durante seis dias, os teatros e as ruas de Havana foram cenário do *Carifesta 1979*. Seis dias de danças, de ritmos, de percussões, de cantos, de orquestras e desfiles que reuniram mais de 2 mil artistas de formação popular ou acadêmica, procedentes de todas as ilhas e terras firmes do mundo caribe!... Levando em conta a imensidão de certos teatros havaneses – o Carlos Marx, o América, o García Lorca... – eu custava a acreditar que na capital cubana houvesse público suficiente para lotar essas salas todos os dias, em apresentações *simultâneas*. E, no entanto, operou-se o milagre. E assim conhecemos novas interpretações da dança popular venezuelana (sem esquecer Fredy Reyna, extraordinário virtuoso do típico *cuatro*); escutamos um conjunto de Barbados cuja cantora, uma mulata de voz maravilhosa, imprimiu muito naturalmente seu ritmo antilhano a uma canção de Claude François, transfigurando-a em calipso; assistimos à aclamação dos *mariachis* mexicanos, dos percussionistas jamaicanos, das dançarinas panamenhas de vestido rendado; e certa noite, eletrizado por uma alegre 'cúmbia', os espectadores havaneses saíram do teatro dançando atrás dos artistas colombianos, até a festa acabar a altas horas, em meio à alegria dos vizinhos debruçados nas janelas e sacadas. E como fecho deste *Carifesta 1979* tivemos o grande carnaval havanês, onde se apresentaram todos os conjuntos reunidos.

Se esses dias foram de festa e alegria, devemos dizer que, para muitos de nós, também foram dias de grande aprendizado... Porque foi realmente maravilhoso descobrir que, no âmbito do Caribe, existiam tantas reservas, tantas riquezas, tanta diversidade de músicas e de danças populares, destinadas a invadir o mundo nos próximos anos, como já fizeram o jazz e os ritmos cubanos nas primeiras décadas deste século.

IDENTIDADE AMERICANA

CONSCIÊNCIA E IDENTIDADE DA AMÉRICA[1]

Aos latino-americanos de minha geração coube um estranho destino que, por si só, bastaria para diferenciá-los dos europeus: nasceram, cresceram e amadureceram em função do concreto armado... Enquanto o europeu nascia, crescia e amadurecia entre pedras seculares, velhas edificações timidamente reformadas ou anacronizadas com alguma pequena inovação arquitetônica, o latino-americano nascido no início deste século de prodigiosas invenções, de mutações, de revoluções, abria seus olhos no âmbito de cidades que, tendo permanecido praticamente inalteradas desde o século XVII ou XVIII, com um baixíssimo crescimento da população, começavam a se agigantar, a se estender, a se espalhar, a subir ao ritmo das betoneiras. A Havana que percorri na minha

---

[1]. Discurso pronunciado por Alejo Carpentier na Aula Magna da Universidade Central da Venezuela, em 15 de maio de 1975, no ato organizado em sua homenagem pela própria universidade, pelo Ateneu de Caracas, pela Associação de Escritores Venezuelanos e pela Associação Venezuelana de Jornalistas. (N. de Ed.).
Publicado em *Razón de ser* (Conferências), Caracas, Universidad Central de Venezuela, 1976; *Razón de ser*, Havana, Letras Cubanas, 1980. (N. da Ed. Bras.)

infância ainda se parecia com a de Humboldt; o México que visitei em 1926 era o mesmo de Porfirio Díaz; a Caracas que conheci em 1945 era ainda muito semelhante à descrita por José Martí. E eis que, de repente, nossas modorrentas capitais se tornam cidades de verdade (anárquicas em seu desenvolvimento repentino, anárquicas em seu traçado, excessivas, desrespeitosas em seu afã de demolir para substituir), e nosso homem, consubstanciado com a cidade, torna-se homem-cidade, homem-cidade-do-século-XX, vale dizer: homem-História-do-século-XX, dentro de povoações que rompem com seus velhos marcos tradicionais, passam, em poucos anos, por tremendas crises de adolescência, e começam a se afirmar com características próprias, embora numa atmosfera caótica e desmesurada.

O latino-americano viu surgir uma nova realidade nessa época, uma realidade da qual foi juiz e parte, autor e protagonista, espectador atônito e ator principal, testemunha e cronista, denunciante ou denunciado. "Nada do que me cerca me é alheio", poderia ele dizer, parafraseando o humanista renascentista. "Isso foi feito por mim, aquilo eu vi construir; aquilo outro lá adiante, eu o sofri ou amaldiçoei. Mas tomei parte do espetáculo – se não como personagem principal, como corista ou coadjuvante"... Mas, montado o cenário e os bastidores, pendurado o pano, resta ver agora o que será representado – comédia, drama ou tragédia – no vasto palco de concreto armado.

E aí é que está o verdadeiro problema: com que atores poderemos contar? Quem serão esses atores?... E para começar... *quem sou eu*, que papel serei capaz de desempenhar e, acima de tudo, que papel me cabe desempenhar?... Eterna revivescência do 'conhece-te a ti mesmo'. Mas de um 'conhece-te a ti mesmo' formulado, como primeiro complicador, em um mundo – o mundo que circunda nossas ambiciosas e irreverentes cidades modernas – que, a bem da verdade, conhecíamos muito mal até agora, e que só agora (há poucos anos: meio século apenas) estamos começando a entender profundamente. Já vai longe o tempo em que os célebres e presunçosos 'cientistas' de Porfirio Díaz, nas comemorações do centenário da independência mexicana, proclamavam temerariamente que todos os enigmas de nosso passado pré-colombiano estavam elucidados. Já vai longe o tempo em que víamos nossos grandes homens do passado com uma devoção desprovida de qualquer enfoque crítico, a partir do imediato e contingente... Já vai longe o tempo em que víamos nossa História como uma mera crônica de ações militares, quadros de batalhas, intrigas palacianas, ascensões e quedas, em textos que ignoravam os fatores econômicos, étnicos e telúricos, todas aquelas realidades subjacentes, de todas aquelas pulsões soterradas, todas as pressões e apetites estrangeiros – imperialistas, para ser mais exato – que faziam de nossa história *uma história diferente das demais histórias do mundo*. História diferente desde o início, já que esta terra americana foi palco do mais extraordinário encontro étnico registrado nos anais de nosso planeta: o encontro do índio, do negro e do europeu de pele mais ou menos clara, destinados, dali em diante, a se misturarem, entremisturarem, a estabelecerem simbioses de culturas, de crenças, de artes populares, na maior mestiçagem já vista... "Temos de ser originais" – costumava dizer Simón Rodriguez, mestre do Libertador... Mas, quando ele pronunciava essas palavras, já não era preciso fazer o menor esforço para ser *original* – pois já éramos originais, de fato e de direito, muito antes que o conceito de *originalidade* nos fosse dado como meta.

Não incorre em vã presunção americanista quem hoje afirmar, com pleno conhecimento de causa, que, antes de os conquistadores espanhóis contemplarem o Templo de Mitla, no México, sem conseguir entendê-lo, ele nos oferecia a perfeita culminação de uma arte abstrata longamente amadurecida – arte abstrata que não se devia a um mero intuito de ornamentação geométrica, simétrica e reiterada, mas à disposição absolutamente intencional de composições abstratas de tamanho idêntico, nunca repetidas, cada uma delas vista *como um valor plástico* completo, independente e fechado. Não é necessário ser tomado de um amor excessivo por nossa América para reconhecer que, nas pinturas que adornam o templo de Bonampak, em Yucatán, exibem-se figuras humanas em escorços de uma audácia desconhecida pela pintura européia da mesma época – escorços que rivalizam, embora sejam muito anteriores, com os de um *Cristo* de Mantegna, por exemplo. E isso não é tudo: só agora começamos a entender a maravilhosa poesia náuatle e a perceber a singular e profunda essência filosófica das grandes cosmogonias e dos mitos originais da América.

Mas isso não é tudo. Sem nos determos em exemplos que poderiam multiplicar-se ao infinito, desde os tempos da Conquista e da Colônia, vemos afirmar-se, de mil maneiras, a originalidade e a audácia do homem americano em obras de caráter muito diferente. Foi aqui, neste nosso continente onde o românico e o gótico jamais entraram, que a arquitetura barroca encontrou suas expressões mais diversas e completas – no México, ao longo de todo o espinhaço andino – com o emprego de materiais policromados e o uso de técnicas aperfeiçoadas pelo artesão índio, desconhecidas dos arquitetos europeus. Foi aqui, nesta terra, com os constantes levantes de índios e negros (desde os primórdios do século XVI), com os *Comuneros* de Nova Granada, com a gesta de Túpac Amaru, até o tempo de nossas grandes lutas pela independência, que se assistiu às primeiras guerras anticoloniais – pois foram fundamentalmente guerras anticoloniais – da história moderna... E, avançando aos saltos, sem me deter nesta ou naquela prova de nossa originalidade, caberia lembrar, neste ano denominado 'Ano da mulher', que o primeiro documento energicamente feminista, declaradamente feminista (documento em que se reivindica para a mulher o direito de acesso à ciência, ao ensino, à política, a uma igualdade de condição social e cultural oposta ao 'machismo', tão comum em nosso continente...), esse documento se deve (em 1695) à portentosa mexicana sóror Juana Inés de la Cruz – autora, diga-se de passagem, de poemas 'negros' que, pelo tom, antecipam de maneira incrível certos poemas de Nicolás Guillén, o grande poeta que vocês escutaram há pouco, neste mesmo salão nobre.

Muito, muitíssimo mais poderia ser dito sobre tudo isso. Sobram bons exemplos. Nossos libertadores, nossos mestres de pensamento, legaram milhares de páginas repletas de observações, de análises, de considerações, de advertências, que nos surpreendem por sua atualidade, por sua vigência, por sua aplicabilidade ao presente... E agora que, há pouco mais de um século, a obra de Marx descortinou o vasto continente de uma história antes apenas entrevista; agora que, dispondo de um instrumental analítico que transformou a história em ciência, podemos considerar o passado sob novos ângulos, comprovando verdades que passaram despercebidas a nossos antepassados, agora é que *o homem-cidade-século-XX*, o homem nascido, crescido, formado em nossas proliferativas cidades de concreto, cidades latino-americanas, tem o dever inescapável de conhecer os clássicos americanos, de relê-los, de refletir sobre eles, para encontrar suas raízes, suas árvores genealógicas de palmeira, de ipê ou de sumaúma, para buscar saber *quem ele é, o que ele é* e que papel haverá de desempenhar, em absoluta identificação consigo mesmo, nos vastos e turbulentos cenários onde, na atualidade, são representadas as comédias, os dramas, as tragédias – sangrentas e multitudinárias tragédias – de nosso continente.

Como homem que cresceu com a Havana do século XX, homem que viu crescer a Caracas do século XX – homem que viu crescer esta universidade, que viu a construção do *stábile* de Calder que se abre permanentemente sobre nossa cabeça neste anfiteatro –, eu não saberia agradecer com meras palavras protocolares a demonstração de afeto e de estima que me oferecem esta noite. Dizer que estou emocionado é pouco. Melhor e mais válido é dizer que esta noite ficará inscrita com letras maiúsculas na cronologia de minha existência, agora que acabo de dobrar o temível cabo dos setenta anos no reino deste mundo... Desnecessário dizer que agradeço profundamente a meu amigo Alexis Márquez Rodríguez pelas palavras que acaba de pronunciar sobre minha pessoa, minha trajetória e minha obra.

E minha gratidão se redobra por ele ter dito certas coisas sobre mim que um escritor nunca pode dizer sobre si mesmo, tendo de esperar que a sagacidade crítica de outros aponte certos fatos que têm enorme importância para a pessoa que é objeto da crítica. Alexis Márquez Rodríguez ressaltou, para minha satisfação, confesso, que nos meus escritos – desde os de minha primeira juventude – observa-se certa unidade de propósitos e anseios. Vale dizer que pouco me distanciei de uma trajetória ideológica e política que já se firmara em mim quando, por volta de 1925, escrevi um artigo sobre o admirável conto soviético "O trem blindado 14-69", de Vsevolod Ivanov, em que eu dizia algo que poderia repetir agora se tivesse de expressar meu pensamento, minhas convicções, em face do processo e das contingências da época que estamos vivendo... É verdade – e eu me orgulho muito disso – que tive uma visão precoce da América e do futuro da América (refiro-me, claro, àquela América que José Martí chamara de 'Nossa América')... Mas... será que isso foi um grande mérito meu?... Penso que não. Tive sorte, isso sim. A grande sorte de, ao chegar a Havana cheio de ambições juvenis, depois de uma infância no campo, encontrar homens que de imediato pude considerar – apesar de sua juventude – verdadeiros mestres. E esses mestres foram o admirável Julio Antonio Mella, que, precocemente amadurecido pelas mobilizações estudantis da época, fundou, em 1925, com Carlos Baliño, o Partido Comunista de Cuba; Rubén Martínez Villena, magnífico poeta que, um belo dia, renunciou a toda glória literária para dedicar-se a uma luta determinante no processo revolucionário que levou à queda e à fuga do ditador Gerardo Machado, em 1933; Juan Marinello, hoje mais ativo e vigoroso que nunca, apesar de ter dobrado, faz tempo, o cabo dos setenta anos – completamente entregue à Revolução com que sempre sonhou – e que me revelou a grandeza e a profundidade da obra martiana, que (é triste reconhecê-lo) era muito pouco conhecida na Cuba dos anos 20, pois ainda não tínhamos acesso a ela em edições satisfatórias e completas... Esses foram meus mestres, e com eles aprendi a pensar. E é interessante lembrar que, já em 1927, pude assinar ao lado deles um manifesto premonitório, em que nos comprometíamos a trabalhar:

> Pela revisão dos valores falsos e ultrapassados.
> Pela arte vernácula e, em geral, pela arte nova em suas diversas manifestações.
> Pela reforma do ensino público.
> Pela independência econômica de Cuba e contra o imperialismo ianque.
> Contra as ditaduras políticas unipessoais, no mundo, na América e em Cuba.
> Pela cordialidade e união latino-americanas.

Ao assinar esse documento, não ousávamos sonhar que viveríamos para assistir à realização desses anseios, que nos pareciam extremamente distantes, remotos, contrariados de antemão – pensavam muitos – por uma fatalidade geográfica, mas que veríamos cumprir-se, ao raiar o ano de 1959, com o triunfo da Revolução Cubana e a reafirmação desse triunfo na decisiva e transcendental batalha de Playa Girón, primeira grande vitória de uma nação de nossa América mestiça (como mais de uma vez a chamara José Martí, com orgulho) contra o mais temível dos imperialismos... ("O do gigante de botas de sete léguas que tanto nos espezinha" – citando de novo José Martí).

Sei que alguns se surpreenderam quando, no início de 1959, estando tão feliz entre vocês, tão incorporado à vida venezuelana, tendo aprendido tanto sobre sua natureza, sua história, suas tradições tão profundamente latino-americanas, rompi bruscamente com essa trajetória de catorze anos, para voltar repentinamente a meu país... Mas havia vozes chamando por mim. Vozes que voltaram a erguer-se sobre a terra que as sepultara. Eram as vozes de Julio Antonio Mella, de Rubén Martínez Villena, de Pablo de la Torriente Brau, de tantos outros que haviam caído em uma longa, tenaz e cruenta luta. E eram as vozes vivas, bem vivas ainda, de Juan Marinello, de Nicolás Guillén, de Raúl Roa e de tantos outros que entregaram sua energia, sua experiência, seus conhecimentos, seu entusiasmo à grande obra revolucionária que vinha sendo gestada desde a histórica e transcendental jornada de 26 de julho de 1953, com a tomada do Quartel de Moncada, comandada por aquele que, meses mais tarde, interrogado sobre os motivos de sua ação, responderia simplesmente: "Fomos guiados pelo pensamento de José Martí". Ouvi as vozes que voltaram a soar, devolvendo-me à minha adolescência; escutei novas vozes que agora soavam e entendi que era meu dever pôr minha energia, minha capacidade – se é que a tinha – a serviço da grande tarefa histórica latino-americana que se estava levando adiante em meu país.

E essa tarefa estava profundamente enraizada na própria história de Cuba, em seu passado, no pensamento ecumenicamente latino-americano de José Martí, a quem nada que fosse latino-americano seria alheio, jamais. Correspondia a uma tradição que remontava aos dias em que uma primeira tentativa de liberação de Cuba, mediante uma guerra anticolonial contra o poderio espanhol, nasceu no seio de uma sociedade secreta que não por acaso ostentava o nome de 'Os Raios e Sóis de Bolívar'... É por isso que, na Cuba de hoje, ante a eloquente imagem de um passado cristalizado em ação presente, em realidade atual e tangível, vemos intensificar-se enormemente não apenas o estudo da história pátria, mas também de todo o continente, convencidos que estamos de que nada do que é latino-americano pode ser indiferente a nós, e que as lutas, as conquistas, os dramas, as quedas e as vitórias das nações irmãs do continente são acontecimentos que nos concernem diretamente, provocando-nos alegria ou tristeza conforme se ofereçam ao mundo como motivo de regozijo ou de momentâneo desconsolo.

Não sei até que ponto os jovens latino-americanos de hoje se entregam ao estudo sistemático, científico, de sua própria história. É provável que a estudem muito bem e saibam tirar fecundas lições de um passado *muito mais presente do que se costuma acreditar*, neste continente, onde certos fatos lamentáveis costumam repetir-se, mais ao norte, mais ao sul, com cíclica insistência. Mas pensem sempre – tenham sempre presente – que, neste nosso mundo, não basta conhecer a fundo a história da pátria para adquirir uma verdadeira e autêntica consciência latino-americana. Nossos destinos estão ligados em face dos mesmos inimigos internos e externos, em face das mesmas contingências. Podemos ser vítimas de um mesmo adversário. Por isso a história de nossa América deve ser estudada como uma grande unidade, como a de um conjunto de células indissociáveis umas das outras, para conseguir entender realmente *o que somos, quem somos e que papel devemos desempenhar na realidade que nos circunda e dá um sentido a nossos destinos*. José Martí dizia, em 1893, dois anos antes de sua morte: "Nem o livro europeu, nem o livro ianque nos darão a chave do enigma hispano-americano". Para mais adiante completar: "Devemos ser ao mesmo tempo homens de nosso tempo e de nosso povo; mas havemos de ser principalmente homens de nosso povo". E eu acrescentaria que, para entender esse povo – esses povos –, é preciso conhecer sua história a fundo.

Quanto a mim, a título de resumo das minhas aspirações presentes, citarei uma frase de Montaigne que sempre me impressionou por sua bela simplicidade: "Não há nada mais belo e legítimo que desempenhar bem o ofício de homem".

É esse *ofício de homem* que tenho tentado desempenhar da melhor maneira possível. É nisso que estou empenhado, e nisso continuarei, no seio de uma revolução que me permitiu encontrar a mim mesmo no contexto de um povo. Acabou-se, para mim, o tempo da *solidão*. Começou o tempo da *solidariedade*.

Pois, como bem disse um clássico: "Há sociedades que trabalham para *o indivíduo*. E há sociedades que trabalham para *o homem*". Homem é que sou, e só me sinto homem quando meu palpitar, minha pulsão profunda, sincroniza com o palpitar, a pulsão, de todos os homens que me rodeiam.

1ª **edição** Maio de 2006 | **Diagramação** Megaart Design
Fonte Palatino | **Papel** Pólen Soft
Impressão e acabamento Geográfica